青柳碧人

彩菊あやかし算法帖
からくり寺の怪

実業之日本社

実業之日本社文庫

彩菊あやかし算法帖　からくり寺の怪

目次

主な登場人物

高那彩菊
（たかな・あやぎく）

常陸国牛敷藩の下級武士の娘だったが、水戸藩の名家・高那家に嫁いだ。おしゃれが大好き、算法はもっと好き。十七歳。

高那半三郎
（たかな・はんざぶろう）

常陸国水戸藩の郡奉行所詰、高那泰次の三男。部屋住の身だったが、ひょんな縁で彩菊と夫婦となった。二十三歳。

お京
（おきょう）

半三郎の兄・寅一郎の一人娘。育ちが遅いが、千里眼のような不思議な力を持つ。金魚鉢の金魚を大事にしている。

扉絵　友風子

第一之怪
彩菊と雷獣《らいじゅう》針供養《はりくよう》

一

夜の全てを叩《たた》くような大雨であった。天から大地への折檻《せっかん》のようでもあった。

神社の本殿の、さらに裏にあたる草むらである。ひしめき合う村人たちの目の前には、御針殿《おはりでん》と呼ばれる建物がある。屋根の下には篝火《かがりび》が焚《た》かれ、宮司の玉原印介《たまはらいんすけ》が厳しい顔をして、一同を睨《ね》め回していた。薄青い狩衣《かりぎぬ》にも黒い烏帽子《えぼし》にも、何百何千という針が刺さっており、金物の光沢を放っている。彼の傍らには、横木に長短の針を吊《つ》るした、奇妙な形の「楽器」があった。

孝蔵《こうぞう》はただ、蓑《みの》にくるまって震えていた。……家にもう少し余裕があれば、供え物を献じてこのおぞましい役どころを免除になるものを。

今年は、二十五番の札を引いた。そして今、御針殿の中の御大針枕《おんおおはりまくら》に縫い針を突き立てにいっているのは、二十四番の男だ。

ばたり、と、御針殿の戸が開く。五十はすぎたであろう男が、よろめきながら出てきた。

おお……。

雨に打たれて順番待ちをしている群衆の中から、ため息ともあきらめともつかないざわめきがおこる。……二十四番の男、無事であったか。

孝蔵の中でにわかに血の気が引いていく。

じゃらりろりろ。

宮司が針の楽器を奏でた。

「次、二十五番」

孝蔵は震えが止まらず、立ち上がることができない。

「二十五番」

宮司の声には苛立《いらだ》ちが感じられた。

「ここにおりますだ！」

脇に座っていた二十二番の男が、無理やり孝蔵の手を引いて立たせた。皆の顔が一斉に、孝蔵のほうを向く。ある者は怒ったように、ある者は悲しげに、そしてある者は虚空を見るような目つきである。

「二十五番。御雷獣《おんらいじゅう》はお待ちである」

「……あ」

気の抜けたような声が出ただけだ。こんな土砂降りの中なのに、口の中は渇ききっていた。

二十二番の男が、孝蔵の背中を突き飛ばすように押した。孝蔵は前に出て行く。段を登りながら蓑を脱ぎ、縁へ足を乗せた。屋根の下なので、もう濡《ぬ》れない。雨音が背後に遠い。

「よし、行くのだ」

「は、はい」

もう戻ることはできぬ。

大丈夫。まだ二十五番だ。孝蔵は御針殿の中へと足を踏み入れた。ばたんと背後で扉が閉まった。蠟燭《ろうそく》の明かりがゆらゆらとゆれるばかりである。

孝蔵はなにやら薫香《くんこう》の香りに包まれた。この香りが、苦手であった。頭がくらくらする中、蠟燭のすぐ近くの三宝の上に積まれた御《お》二尺《にしゃく》まち針を一本、取る。

御針殿はかなり丈夫に作られている。薄闇の中、雨音はほとんど聞こえぬ。すべるように磨かれた板の間を渡り、やがて御大針枕の間にたどり着くと、障子に手をかけた。開く。奥にぼんやりと光を放つ行灯《あんどん》があった。

この間の天井を見てはいけぬと、誰かから教えられたことがある。だから孝蔵は、部屋の中央に目をやる。

畳敷きの部屋。一歩入ると香りは一層強い。孝蔵はなぜか、自分の体が大きくなったような感覚に見舞われた。手に持った、二尺もあるまち針のせいであろう。

部屋の中央に、六角形の、赤い布団《ふとん》のような物がある。御大針枕《おんおおはりまくら》。この行事になくてはならないその奇妙な物体の上には、針が突き立てられているのだ。何本あるのか、ひと目ではわからぬ。しかし、二十四本であることは間違いない。

「一尺」

確認するように、孝蔵は言った。……しかし、そもそもこの不可解な行事に、物差しを持ち込むことは禁じられているのだ。

ええい、考えても始まらぬ。

孝蔵は御大針枕へ近づいていった。恐ろしさに、歯がカチッと鳴った。

予想よりもだいぶ、針が詰まっている。孝蔵が立てられる余裕がないのではないか……。

「一尺……」

はたしてそんなに針と針の間隔が空いているところがあるだろうか。目を皿のようにしながら御大針枕の周りを回る。

「一尺、一尺」

そしてようやく、それなりの場所を孝蔵は見つけた。

……ここで大丈夫か？

脳裏に、家で待つ妻子と、年老いた母の顔が浮かんできた。

――あんた、早く帰ってきなされ
御二尺まち針を、振り上げる。

――あったかいもの、たーんと準備して、待ってるでな
こんな行事に命を取られることがあってたまるか。これでしまいだ。

孝蔵は、御二尺まち針を、御大針枕の上に突き立てた。

びぎゃん！

つんざくような音とともに、御大針枕のすべての針が、閃光《せんこう》を放った。

「うがっ！」

頭の中に轟音《ごうおん》が響く。熱と痺《しび》れが、孝蔵の腕を突き抜ける。

腰が抜け、足が意志とはかけ離れたところで震えていた。仰向《あおむ》けになって倒れこむ。そして初めて、天井を見てしまった。そこには、巨大な猪《いのしし》のような顔があった。

びぎゃん！

「がっ！」

眩《まぶし》さに目がくらむ。頭から爪先までを烈火の如《ごと》き熱が貫いた。

「が、ががが……」

全身を震わせながら、獣肉の灼《や》けるような匂いが鼻先をなでているのを、孝蔵は感じていた。

それが、自分の体が焦げていることによるものだと気づくのに、そんなに時間はかからなかった。

孝蔵を睨《にら》みつける、黄色い目――あれが、雷獣……――

びぎゃん！

三度目の閃光とともに、孝蔵はその場に崩れ、意識を失った。

二

高那半三郎《たかなはんざぶろう》はわらじを脱ぎ捨てると、裸足《はだし》で板の間へ上がった。

「今戻ったぞ！」

大声をあげながら廊下を歩いていくが、誰も出てこない。

半三郎は自ら刀を腰帯から外し、自室の襖《ふすま》を開くと、どっかりと腰を下ろした。

脇息《きょうそく》に思い切り体を預ける。……と、情けない音を立てて畳に転げてしまった。

脇息の脚が見るも無残に折れていた。だいぶ古いものだったので、寿命がきたのだろう。

「くそっ、どいつもこいつも！」

半三郎は壊れたばかりの脇息を壁に投げつけた。

「半三郎様」

襖の向こうに、彩菊《あやぎく》がやってきた。

「何をなさっているのですか」

「うるさい！」

彩菊は当年十七歳。牛敷《うししき》という小藩の下級武士の娘だったのだが、ひょんなことから半三郎は彼女と知己を得た。気の強いところと、とある能力を気に入り、先月ついに夫婦《めおと》になった。二人とも、生来しゃべるのが好きな性格である。夫婦となってからもよく言い合いをするのだった。

「あら、壊れてしまったのですか」

彩菊は部屋に入ってくると、壊れた脇息を拾い上げた。

「捨てておけ」

った。

「直せばまだ使えるではありませぬか」

「ふん。知らん」

半三郎は畳の上に仰向けになった。彩菊が顔を覗《のぞ》き込んでくる。

「御城で、何かあったのですか？」

彩菊の見込みどおり、半三郎はたった今、御城で嫌な思いをしてきたばかりであった。

半三郎は二十三歳。水戸《みと》藩士である。職はなく、部屋住《へやずみ》という立場であるが、いつか仕官をし、独立をしようと、日頃は道場で剣術の腕を磨いている。

今日、水戸城下の藩士たちにお触れが出た。

郡《こおり》奉行が用心棒を欲しがっており、その試験を行いたいというのだ。

用心棒ということは剣術の腕が求められているに違いない。それならば自信があると、半三郎も勇んで出かけた。集合の場は水戸城の大手門の前。ざっと三十人ほどの志望者がいた。男児の好戦的な汗の匂いが、すでに立ち込めている。どの男も腕に覚えがありそうだ。どいつが相手になっても思いきり暴れてやろう、と、半三郎は意気込んでいた。

やがて門が開いたかと思うと、一人のひょろ長い藩士が出てきた。身なりはぱりっとしており、見るからに居丈高《いたけだか》で、武芸に秀でているようには見えぬ。典型的な役人である。

彼はやけに甲高《かんだか》い声を張り上げ、こう言った。

「足労、大儀である。今から出す問いに答えることができた者のみ、城内に入れるものとする」

三十人はざわめいた。

「問いって何だ？　剣の腕を競うんじゃねえのか」

「そうだそうだ」

「早く試合をやらせろ」

口々に言い出す彼らを、「うるさいわっ！」とひょろ長い男は怒鳴りつけた。

「水戸藩士ならば文武両道を旨とせよ。おつむの弱い侍など、わが藩には必要ないのである」

「何だと！」

「異存のある者は、今すぐ立ち去ってよろしい。目障りである」

三十人の侍たちはお互いの顔を見合わせ、静まった。みな、仕官はしたいものと見える。

役人は、懐《ふところ》から巻き紙を取り出して開き、読みはじめた。

「今ここに、蓋のついた木箱が三つある」

それは、白黒の碁石と三つの箱を使った、奇っ怪な問いであった。

『蓋には小さな丸い穴がついているが、中は見えない。それぞれの箱には、【白】、【黒】、【白黒】と書かれている。

三つの箱には、〝白の碁石のみ百個〟、〝黒の碁石のみ百個〟、〝白黒の碁石五十ずつ計百個〟の、いずれかが入っている。しかし、箱に書かれている文字と中身は一致していない。

さて、すべての箱は、傾けると、穴から一つだけ中身の石が出てくる。すべての箱の中身を確実に知るために出す碁石の、最も少ない数はいくつか』

複雑であった。三十人のうち二人は、問題を聞いたとたんに「意味がわからぬ」と言い放って帰ってしまった。

半三郎を含め、残った者たちはその場にしゃがみこみ、土に図を描いて考えた。

……箱に書かれている文字と中身は一致していない。これが問題を難しくしているのだった。

「わかった！」

一人の男が手を上げた。

「申してみよ」

ひょろ長の役人は薄笑いを浮かべながら言った。

「まず、【白】と書かれた箱を傾けて一つの碁石を出す。白が出てきたとする。この箱には〝白五十個と黒五十個〟が入っていることがわかる。書かれている事と箱の中身が一致してねえってことは、この箱は〝白百個〟じゃねえんだからな」

男は自信満々に言った。

「次に、同じ要領で【黒】の箱を傾けて……」

「待たれよ、待たれよ」

役人は頭の上で手を振って、男の説明を止めた。

「【白】の箱から、黒い石が出てきたらいかがいたす？　その箱に〝黒百個〟、〝白五十と黒五十〟のいずれかが入っているかわからぬであろう」

「その場合は……もう一回傾けて次の石を出す」

「また黒だったら？」

「もう一回傾けて……」

「混合の場合は、黒が五十ある。〝黒百個〟か〝黒五十と白五十〟か、確実に判明するのは、五十一回目ということになるが」

ひょろ長役人が笑うと、回答していた男は青菜に塩をかけたように自信を失い、何かをもごもごと言うばかりになった。

役人は、はあと息を吐き、頭を振った。

「もともと期待はしておらんかったが、ここまで愚かとは思わなかった。誰ぞ、他に回答する者はおらぬのか」

悔しかった。しかし、半三郎にも答えはわからぬ。

時間ばかりがすぎ、やがて役人は「役立たずどもが」と捨て台詞《ぜりふ》を残し、門の中へ消えていった。終始、半三郎たちを馬鹿にした態度だった。

「……それで不機嫌なのでございますか」

彩菊が言った。半三郎は畳の上にふて寝をしたままである。

「あの男、日陰育ちの葱《ねぎ》のような青白い顔をしているくせに、無礼な」

「無礼なのはどちらですか」

「うるさい。もういい。城へは行かぬ」

「そのような子どものようなことを。お京《きょう》ちゃんに見られたら笑われますよ」

彩菊のあやすような口調が余計に癇《かん》に障った。

「いいから、茶と饅頭《まんじゅう》を持ってこい！」

「はい、わかりました」

彩菊は立ち上がり、廊下へ出た。そして振り返ると、

「出す碁石は一つだけでよいのでしょうけれど」

と言った。

「なに？」

半三郎は半身を起こして訊《き》き返した。

「一つであるわけがない」

「いいえ、一つです」

襖に手をかけたまま、彩菊は自信満々に言った。

「なぜだ。申してみよ」

「しかし、お茶とお饅頭を……」

と行きかける彩菊を、

「いいから！」

半三郎は這《は》い、その足首を摑《つか》んだ。

「きゃっ。お離しください」

「いいから、なぜ一つなのかを、言え」

「わかりましたゆえ、お離しください」

彩菊は部屋の中へ戻ってくると、正座をした。半三郎もその正面に座る。

「【白黒】の箱から、一つ、碁石を出します。ここで白い碁石が出たとすると、この箱には〝白百個〟が入っていることがわかります」

「ん？ ……ああ」

少し考えたらわかった。箱に書かれていることと中身は一致しないのであるから、【白黒】という箱には〝白五十と黒五十〟は入っていないことになる。そして今、白い碁石が出てきたということは〝黒百個〟でもないのだから、この箱に入っているのは〝白百個〟であることは間違いない。

「しかしこれだけでは、他の二つの箱に何が入っているか、わからぬではないか」

「わかります」

「【白】の箱にはもともと、〝黒百個〟か〝黒五十と白五十〟のどちらかが入っているのだぞ。やはり確実にするには、あと五十一回碁石を出さねばならぬではないか」

「なぜ【白】の箱にこだわるのです？　【黒】の箱に何が入っているか、もうわかっているではないですか？」

「ん？」

どういうことだ……半三郎は混乱した。

「よいですか？　【黒】と書かれた箱に入っているのは、〝白百個〟か、〝白五十と黒五十〟のいずれかです」

「ああ」

「しかし今、〝白百個〟の見込みは消えたではないですか」

「……あっ！」

そうだ。なぜなら、〝白百個〟は【白黒】の箱に入っているからだ。ということは【黒】の箱の中身は〝白五十と黒五十〟に確定されるのである。

「そして、【白】の箱の中身は、残った〝黒百個〟ということになるのか……」

「はい。はじめに【白黒】の箱から黒い碁石が出てきた場合も同じように箱の中身は決まっていきます」

彩菊は満面の笑みを浮かべて言った。

なんということだ。――半三郎は、わが妻の顔を、驚きとともに見ていた。

彩菊は算法が得意である。これもまた、算法の一つであるというのだろうか。

「彩菊」

半三郎は彩菊の手を引いて立ち上がった。

「ど、どうしたのです?」

「行くぞ!」

「ちょっと……!」

半三郎は彩菊の手を引いて玄関を出た。行き先はもちろん、御城であった。

三

屋敷の前庭には立派な楓《かえで》の木が何本も植わっている。秋風がその葉を優しく撫《な》でていき、あたかも葉ずれの音が耳元で聞こえるようである。しかし彩菊は、その風流を感じている余裕はなかった。

隣には、夫である半三郎が座っている。

「失礼いたす」

襖が開いて、一人の男が入ってきた。

年のころ四十ほどであろうか。茶色い着物を羽織っていた。

「小宮山楓軒《こみやまふうけん》と申す。紅葉《もみじ》村の郡奉行をしている」

男は挨拶をした。

「高那泰次《やすつぐ》が三男、半三郎でございます。これは妻の彩菊です」

半三郎の挨拶に合わせるように、彩菊は手をつき、頭を下げる。

「このような山村までの足労、感謝しておる」

小宮山楓軒。十五歳から学問をおさめ、藩に取り立てられた。水戸の史料編纂《へんさん》所である彰考館《しょうこうかん》への勤務を経て、このたびこの紅葉村一帯を管轄する郡奉行に任命された。育子《いくし》・勧農《かんのう》・博徒禁《ばくときん》を骨子とする農村改革を推し進め、その評判は、彩菊の故郷である牛敷まで届いていた。

「碁石の問題を解いたというのは」

「私めにございます」

「そうであったか」

彩菊が緊張しながら答えると、小宮山は目を細めた。

——昨日、半三郎に連れられて御城へ行った彩菊は、役人にその実力を認められ、即刻、紅葉村へ向かうように命じられた。なんでも、早急に対応してもらいたい問題があるとのことだった。彩菊は嫌な予感がしたが、半三郎は興奮しているし、御城の命令なので逆らうこともできず、朝早く水戸を発《た》って、この紅葉村までやってきたのだった。

「早速なのだが」

小宮山は話しはじめた。

「この近くに、入繰《いりくり》村という村がある。そこの神社に奇怪なものが棲《す》みついているのだ」

棲みついている。その言葉で彩菊は自分の嫌な予感が的中したことを悟った。

「それは？」

半三郎が訊ねると、楓軒は眉をしかめた。

「雷獣という、一種の化け物じゃ」

やっぱり。彩菊はため息をつきたくなる。

彩菊は牛敷藩にいたころ、ひょんなことから郡奉行の知己を得、何度も領内の化け物退治を要請されてきた。持ち前の算法を生かし、何とか化け物を退治してきたものの……元来、彩菊は化け物は苦手である。それが、水戸に嫁いで間もないうちから、またもや化け物に関わることになろうとは。

「雷獣が村を襲ったのは今から二十数年前のことだったそうだ。姿は猪に似ておったというが、全身が針だらけの、醜怪な獣でな、夜中に畑に針を立てて回るという悪さをはじめた」

「針？」

　半三郎はまた訊いた。

「やつが針を立てた翌日は必ず激しい雷雨になる。そして、畑に立てられた針をめがけて、雷が落ちる。作物は荒れ、針を除こうと畑に入っていた百姓の中には雷に打たれて死んでしまう者もいたそうだ」

「それは酷《ひど》い」

「困った村人は神社の玉原印天《いんてん》という宮司に相談した。印天は神社の本殿の裏に建物を作り、雷獣に建物を捧《ささ》げるふりをして、入った途端に周囲に結界を張った」

「つまり、閉じ込めたと」

「左様」

　小宮山は顎のあたりを掻《か》いた。

「しかし、雷獣を建物に封じ込めてから一年が過ぎようとしていたころ、恐ろしいことが起こった。印天が死んだのだ」

「死んだ?」

「神社の本殿と、雷獣の建物とのあいだの草むらで。背中から斬りつけられ、体中に針が刺さっていたそうだ。封じ込められているはずの雷獣が、怨念を操って殺したのだろうと、人々は噂した。このままでは、村人が皆、呪い殺されてしまうのも時間の問題であるとおののいたのだ」

彩菊は背筋が寒くなった。今までの化け物より手ごわそうだ。

「印天の息子、印介は建物の中に入り、雷獣と話をした。そして、村人に怨念を送らぬ代わりに、毎年ある行事を執り行うことで話をつけたのだ。その行事というのが、やっかいなのじゃ」

小宮山はいよいよ眉をひそめ、顎を掻いた。

「いつしか『御針殿』と呼ばれるようになったその、雷獣の潜む建物の中には、御大針枕という、大きな六角形の針枕が収められておる」

針枕というのは、裁縫の時に縫い針を刺しておく道具のことである。

「村から四十人の男を選出し、その男たちが一人ずつ、二尺のまち針を持って御針殿の中に入っていっては、御大針枕に針を突き立てて戻ってくる。四十人全てが御大針枕にまち針を立てることができれば、雷獣の怒りは収まる」

　たしかにおかしな行事であった。だが……、

「たいして難しくないように思える行事ですが」

　彩菊は言った。すると小宮山は首を振った。

「針どうしは決められた距離以上の間隔を空けて突き立てねばならぬ」

「間隔を」

「ああ。針と針の間は、一尺以上離れておらねばならぬのだ。もしこれ以下の狭い間隔で針を立ててしまうと、雷獣の雷電が針の間を貫き、突き立てた者に落ちる」

「なんと！」

　半三郎がおののく横で、彩菊はどことなく体の中の血が騒ぐ思いに駆られた。

「雷電の音は御針殿の外にまで聞こえる。宮司以下、村人たちが中に入ると、最後に入った者はすでに息絶え、丸焦げで転がっているのだそうだ。こうして犠牲者が一人出ると、その年の雷獣針供養《らいじゅうはりくよう》は終わりになる。だが、毎年毎年、村人が一人の命が引きかえとなると……」

　小宮山はやりきれない顔のまま、うなずくようなしぐさをしている。

「なんとかその方たちの力で、この雷獣針供養を終わらせることはできないもの

か」

「あの」

彩菊は気になったことを訊くことにした。

「その行事、後になればなるほど、御大針枕に針を突き立てる余裕はなくなりますね。針を立てる順番はどのように決めるのですか」

「宮司の玉原印介が用意するくじじゃ」

ということは、どこまでも運任せということである。

「今まで、四十本のまち針すべてが突き立てられたことはあるのですか」

「いや、これまでに二十回程行われているらしいが、犠牲者が出なかったことは一度もないと聞く」

「ふむ……」

彩菊は頭の中で、大きな針枕に男たちがまち針を突き立てていく様子を想像した。

「その御大針枕なるものは六角形ということですが、いったい、どれくらいの大きさなのでしょう」

「一稜《りょう》（一辺）が四尺の、歪みなき六角形だそうだ」

「四尺……？　それは間違いありませぬか」

「ああ。もっとも、拙者が直接見たわけではなく、宮司から聞いただけであるが」

彩菊の中に疑問が生まれた。腕を組んで考え始める……一稜が四尺の歪みなき六角形（つまり、正六角形）。それならばできそうなものだが……。

「彩菊」

半三郎が声をかけた。

「何かに気づいたのであろう」

「いえ……」

「この申し出、受けていいな」

期待に満ちた目であった。

彩菊は夫の顔から、小宮山のほうへ目を向ける。彼は黙ったままうなずいた。

もし、この件を彩菊が解決できれば、半三郎は藩より職を与えられるかもしれない。高那家は幸い裕福であるため、半三郎と彩菊が世話になるだけの余裕はあるが、夫婦揃《そろ》っての居候状態というのは、どうも心持ちが窮屈なのであった。

「わかりました。して、その『雷獣針供養』はいつになるのですか？」

「明日に迫っておる」

小宮山は言った。

「今から向かえば、日暮れには間に合うであろう」

四

その神社は、寂寥《せきりょう》たる林の奥にあった。

大きな鳥居を抜けると、正面に意外な程荘厳な本殿があった。日はとっぷりと暮れており、人影はなくひっそりとしている。しかし、本殿の脇に寄り添うように建てられた平屋に、明かりが点《つ》いていた。

「たのもう」

平屋の戸口に立った半三郎が声をあげる。ややあって、戸が開いた。

出てきたのは、瘦《や》せこけた初老の男であった。髪や頬の髭《ひげ》に白いものが混じっている。六十を過ぎた頃だろうか。

「宮司の玉原印介というのは、お主か」

「そうですが」

狩衣や烏帽子こそ身につけてはいないものの、神官らしき落ち着きが見える。

「拙者は水戸より参った、高那半三郎である。これは妻の彩菊である」

「ほう……これはこれは」

玉原宮司は柔和な笑みを見せ、二人を招き入れた。板敷の、狭い部屋だった。中心には囲炉裏があり、鍋底を炎が舐《な》めている。神事に使う道具が入っているのだろうか、壁際には木箱が積んである。奥には畳が積んであり、その上に野菜や米、酒などがあった。

「この神社には化け物がおると聞く。その化け物の関わる行事が明日あるというが、拙者らはそれを止めにきたのだ」

「止めにきたと申しますと」

「雷獣を退治する」

すると玉原は、「弱りましたな」と眉を八の字にした。弱気そうな顔であった。

「化け物には違いないのだが、あれは、うちの神社の御神体でもありまして……。神事として続けぬことには何が起こるかわかりませぬ。ましてや退治などと」

「これは紅葉村の郡奉行の命である」

半三郎は毅然《きぜん》と言い放つ。

「小宮山楓軒殿ですな。人格に優れたお方と聞き及んでおります。しかしながらいくら奉行様のお申し出とはいえ、これればかりは……」

「毎年、村人の中に犠牲者が出るというではないか。それに、お主の父も雷獣に殺されたのであろう？」

玉原は一瞬険しい表情になったが、すぐに表情を和らげると、

「だいぶ前のことでございます」

と、顔を伏せた。

「たしかに雷獣針供養では毎年、村の者から犠牲者が出ております。しかしあれは、上手《うま》く針を刺していけばつつがなく終わるものなのです。村人たちの針の刺し方に問題があるのかと思われます」

父の敵である雷獣に肩入れをするような申し開きである。長らく宮司を務めるうちに、情が移ったのだろうかと半三郎は思った。

「あの」

彩菊は口を挟んだ。

「宮司さまには、ご家族は？」

「いえ。母を幼い頃に亡くし、父も二十年前に亡くし、それ以来一人でございます」

「それにしては、食べ物が多うございますね」

彩菊は部屋の奥の畳の上の野菜や米、酒のほうを見た。たしかに、一人で食べるには量がある。化け物を封じた建物を持つ神社の宮司のわりに殺伐としていないのは、この余裕からくるのだろうか。

「ああ……村の裕福な家が届けてくれるのです。嬉《うれ》しいことです」

頬にしわを寄せて笑う玉原。彩菊は、

「そうでございましたか」

と言った。いったい、何を勘ぐっているのか。

その後結局、宮司から大した情報を得られることもなく、二人は神社をあとにした。

五

翌日、天気は雨であった。宿を提供してくれた村役人の六兵衛《ろくべえ》によれば、毎年この日は雨になるのだという。

村人たちは、昼間からそわそわしていた。

雷獣針供養のくじ引きは戌《いぬ》の刻二つ（午後八時頃）から行われる。それまでも一切、御針殿に足を踏み入れることは許されぬという。

「いかがでございますか」

降りしきる雨の中、くるりと一回転をして、半三郎にその姿を見せる彩菊。二人は、神社へと向かっている。

「うーむ」

半三郎は答えに窮した。

彩菊は、村役人の家で借りてきた、男物の着物に身を包み、蓑を着ているのだ。普段は黄色や赤など派手な色が好きなはずなのに、たまにはこうして男物を着てみるのも悪くはない、と機嫌がいい。身軽で動きやすいのだそうだ。

「女であることが露見せねばよいが……」

「この雨でございます。こうして、笠《かさ》を深く被っておればわからぬでしょう」

頭上の笠を右手で顔の前に深く下ろして見せる彩菊。

「社の中に入るときに笠は脱ぐであろう。昨日、我々は玉原に顔を見られておる」

「大丈夫でございます」

神社への道を急ぐ。戌の刻も三つに差し掛かっている。もう、順番のくじ引きはだいぶ進んでいるに違いない。

「半三郎様、六兵衛さんの話を聞いてどう思われましたか？」

彩菊は突然訊いてきた。

「六兵衛の話？」

「村の裕福な家は、神社に野菜や酒を奉納することによって、針供養の参加を免れるというではないですか。中には玉串料などとして金子《きんす》を納める家もあると」

たしかに六兵衛はそんなことを言っていた。どの家の男が雷獣針供養に参加するかは、宮司の玉原の裁量なのだそうだ。

「針供養参加の免除の代償ということであろう」

「それだけでしょうか。それに、昨日、玉原の家で見た、お供え物の載せられていた畳」

「畳がどうかしたのか」

「少し小さかったような」

半三郎はそのようなことには気づいていなかった。畳の大きさが何だというのか。まったく、わが妻ながら、彩菊の考えていることはわからぬ。

「そんなことより彩菊、お前、その歩き方はなんとかならぬのか」

半三郎は指摘した。

「歩き方？　何かおかしゅうございますか？」

「姿勢がよすぎる」

「そう言われてもしかたありませぬ。この背中の部分に、大事なものを隠しておりますゆえ」

そうこうしているうちに、神社が見えてきた。本殿の後ろのほうから、雨音に混じってざわめきが聞こえている。ぐるりと回っていくと、そこには数十人の男たちがいた。

「次の者！」

御針殿の縁の上、煌々《こうこう》と光を放つ篝火の脇で大声を張り上げているのは、宮司の玉原印介であった。昨日の柔和な印象とは打って変わって、村人たちを圧するかのような恐ろしい面持ちである。薄青い狩衣と黒い烏帽子を身につけているが、どちらにもまち針がたくさん刺さり、銀色に光っていた。さらに、彼の横には、横木に長短の針をぶら下げた奇妙なものがある。楽器であろうか。やはり異様な行事だ。

村人の中の一人が、恐る恐る登って行った。玉原の横に据えられた木箱の穴に手を入れ、札を引く。

「三十番！」

玉原がその数字を読み上げると、村人たちの間から、「おお……」と声が漏れた。

みな、くじ引きに注目している。動き出すなら今だ。

「もし」

半三郎は近くにいた年配の男に声をかけた。

「もう一番の札は引かれてしまったか」

「あ?」

男は、半三郎を観察するように見ていたが、

「ほら、あそこで喜んでるよ」

顎をしゃくった。

その先には、小柄な男がしゃがみ込み、自らの笠から落ちる雨だれをじっと見ていた。その足元には正方形の札があった。

半三郎は男のほうへ近づいていく。彩菊も笠を深くかぶったまま、ついてきた。

「すまぬ」

半三郎はその男に声をかけた。

「ん、どうした?」

明るい声だ。明らかに自分が一番を引いたことにほっとしている様子だった。一

番であれば、雷電の被害に遭うことはない。

「見ねえ顔だな」

「拙者らは、郡奉行の使いとして参った者である。その一番の札を譲ってもらいたい」

男は、驚いたようだった。

大声をあげられ、騒ぎになっては困る。半三郎は人差し指を立て、静かにするようにしぐさで伝えた。

「この、雷獣針供養なる悪習を終わらせに来たのだ」

「しかし、あの御針殿の中に祭られている化け物は、雷電を操り、刃向う者は皆黒こげに……」

男は声を潜め、おどろおどろしげに言った。

「案ずるでない。拙者らに任せておくがよい」

半三郎の説得に従い、男は一番の札を譲ってくれた。


それからしばらく経《た》ち、雨脚はいよいよ強くなった。はるか上空には闇と怨念と寂寥を固めたような雲が渦巻き、ごろごろと不気味な音を立てている。

じゃらりろりろ。

縁の上で、玉原が針の楽器に棒を滑らせた。村人たちの緊張が一気に高まった。

「それではこれより、御《おん》雷獣針供養を執りおこなーうー」

玉原は語尾を延ばし、宮司風の節をつけた。

「呼ばれた者よりここへ上がり、この三宝の上から清められた御二尺まち針を取り、御針殿の中の御大針枕に突き立てて戻ってくるがよい。しかし、御二尺まち針と御二尺まち針との間は一尺離れなければならぬ。もしこれを守らぬ場合は」

じゃらりろりろ。

玉原の奏でる不気味な針楽器の音に、村人たちは震えあがる。

「その者に御雷獣より御雷電《おんらいでん》が落ちるであろう。その者は御生贄《おんいけにえ》になるのであーるー」

針でできた大幣《おおぬさ》をばさばさと振る。

「四十人すべてが御大針枕に御二尺まち針を刺すか、御生贄が一人出るか、どちらかで御雷獣針供養は仕舞となーるー」

じゃらりろ。じゃらりろりろ。じゃらりろりろりろりろ。

「それでは、一番の者、これへ上がってくるがよい」

玉原の呼びかけに対し、彩菊は、すっ、と立ち上がった。

笠を深く被り、村人たちの間を抜けていく彩菊。袂《たもと》に右手を入れているのは、呼子を握っているためだ。その歩き方はやはり、ぎこちないほど姿勢がいい。半三郎は心配で仕方がなかった。

しかし彩菊は、今まで幾度も化け物を相手に勝利してきた。今回も得意の算法が使えると見える。今はただ、玉原に女であることが露見しないのを祈るだけだ。

彩菊は御針殿の縁に登っていくと、笠を被ったまま、宮司に礼をした。

六

御針殿の中へ入ると、ばたりと戸が閉められた。蠟燭の光の中、三宝の上に長いまち針が積んであるのが見えた。それを一本手に取ったとき、何やら薫香のようなものが焚かれていることに彩菊は気づいた。頭がふらふらしてきたような気がした。

このようなところで倒れていては、到底化け物退治などできぬ。

彩菊は武家の娘である。そして、自分には刀の代わりに、算法がついている。ぐっと、まち針を握りしめ、廊下を歩いていく。

やがて「御大針枕」と書かれた板の掲げられた部屋の前までやってきた。障子に手をかけ、一気に開ける。

畳敷きの部屋であった。奥に行灯があり、明滅するように黄色い火が点《とも》っている。天井を見上げ、少し身を怯《ひる》ませた。

一面に、獣の絵が描いてあった。猪のようにも見えるが、顔全体に生える太い毛は、やはり針だ。口から覗き出る牙。太い眉。ぎょろりとした黄色い目は、今すぐにでも動きそうである。……いや、あれは実際にぎょろぎょろと動いていないだろうか？　これが、雷獣？

いや、気のせいである。恐怖と、薄暗さと、異様な香りがそう錯覚させるのかもしれない。

部屋へ一歩踏み出すと、むっとした空気が彩菊の全身を覆った。いよいよ薫香が強いようだ。よくよく見ると、畳の下より煙が出ているようでもある。行灯の向こうには窓もあるが、閉め切られている。この場に長くいると、息苦しくて倒れてしまうかもしれぬ……。

畳の上には、色褪《いろあ》せた赤の、六角形の布団が置いてあった。

「ふむ」

これが御大針枕か、と、彩菊は障子を閉めて入り、笠と蓑を脱ぎ、まち針とともに置いた。そして右手を襟元から背中に入れると、そこに入れていたものをひょいと取り出した。

物差しである。これを背中に入れていたために、ぎこちないほどしゃんとした姿勢になっていたのだった。

彩菊は御大針枕の縁にそれを当て、長さを測った。

「やはり」

彩菊は納得した。思ったとおりだ。

一息つき、天井を見る。

「御雷獣どの！」

玉原の呼んでいたように、化け物の名を叫ぶ。

「御雷獣どの！」

もう一度叫ぶと、頭がぐらりとした。……このままでは……と思ったそのとき、外で轟音が鳴り響き、部屋が揺れた。まるで大きな岩でも落ちたかのようだった。

天井に描かれた、獣の目が動いた。ぎょろりと、彩菊のほうを睨んでいる。

「わっ！」

彩菊は驚き、思わず御大針枕の上に尻餅をついてしまった。

「お、御雷獣どのですか？」

ぎょろり。再び目が動く。

「御雷獣どの！　私めは彩菊と申します。針供養は女人禁制とは伺っておりましたが、御雷獣どのに申し上げたいことがございまして、こうして無理やり入り込んだのでございます」

《別に女人禁制ではないわ》

声が聞こえた。すぐにでも人を取って食いそうな顔なのに、甲高《かんだか》い、どちらかというと剽軽《ひょうきん》さを感じさせる声だった。

《そっちじゃない》

よくよく聞くと、声は天井方面ではなく、彩菊と同じ高さから聞こえていた。あたりを見回すが、誰もいない。

《どこを見ておる。行灯じゃ、行灯》

「え？　……ええーっ？」

彩菊は驚いた。行灯の縁に手をかけ、一匹の獣が、無患子《むくろじ》の実のような黒く丸い目でこちらを見ているのだった。大きさは手のひらに乗りそうなほど小さい。猪にはほど遠い、鼠《ねずみ》と土竜《もぐら》の合いの子のような姿だった。

獣は《よっ、せっ》と言いながら行灯から這い出てくると、畳の上にぽたりと落下した。全身には銀色の針が生えていたが、落ちて《あいたっ！》と言った瞬間にびりりと光った。

「御雷獣どのですか？」

彩菊は尋ねた。予期していたものとだいぶ異なるその姿。どちらかというと、愛らしい。

《御《おん》をつけるな、鬱陶《うっとう》しい。印介のやつめが、そう呼んどるだけだわ》

ちょろちょろと彩菊の足元までやってきた獣は文句を垂れるように言った。

「あなたはこの村を襲って、ここに閉じ込められたのですか」

すると雷獣は、ばつが悪そうにうなずいた。

《たしかにな、あの頃はまだ血気盛んでな。この村の畑を荒らし回っては、人々に雷電をけしかけて丸焦げにしてやったわ。体は今より何十倍も大きく、象ぐらいあったのだわ》

彩菊は象を知らないので、あいまいにうなずいた。

《だがな、宮司の玉原印天にまんまとはめられてこの社に閉じ込められた。おれは、もう悪さはしないから結界を解いて出してくれと頼んだ。心労で、こんなに小さな体になってしまった。一年後、印天はおれの改心したのを認めてくれ、結界を解くことを約束してくれた。が、その翌日、なぜか息子の印介がやってきたのだわ》

印介は、今外へ出ると、怒った村人たちに叩き殺されてしまうと言った。そして、村人たちに復讐《ふくしゅう》を諦めさせるほど恐れられなければならないと、ある行事をすることを提案したのだという。

「それがこの、雷獣針供養ですか」

《そういう名で呼ばれておるのか。男たちが次々とやってきて、このうす汚い針枕の上にまち針を立てていく。その間隔が一尺より小さくなった者に、雷電を浴びせる。……こう見えてもおれは、目が利いてな。目測で針と針のあいだの距離を、一寸単位で見極められるのだ》

そうだったのか……。しかし、玉原印介の言っていることと、雷獣の言っていることとではだいぶ違う。そして彩菊は、雷獣のほうを信じることにした。

「あなたは騙《だま》されておいでです」

彩菊は言った。

《何？》

彩菊は算法に基づいて、玉原印介の思惑を雷獣に説明した。
《ぬぬぬ、ぬぬぬぬ……》
説明の途中から、雷獣はみかんのように小さな体を震わせはじめた。怒気に、その針の毛が光り、バチバチと火花を迸《ほとばし》らせる。
《許せん》
「どうですか。共に玉原のやつめを懲らしめませぬか？　さすれば、村人たちもこの周りの結界を解いてくれましょう」
《よかろう》
雷獣は同意した。体中の針の毛が逆だっている。小さくても雷獣。その力は本物である。
彩菊は懐の中から、呼子《よぶこ》を取り出した。

七

「なんだ？」「なんだ、なんだ？」

村人たちが騒ぎ始める。半三郎は顔を上げる。御針殿の中から呼子の音が聞こえてきたのだ。

「呼んでおるぞ！」

半三郎は勢いよく立ち上がって叫んだ。

「皆の者、中へ、中へ！」

村人たちを煽《あお》り、御針殿のほうへと走る。村人たちも不思議そうな顔をしながら立ち上がる。それはすぐに、三十人ほどの人の波となった。

「な、なんだなんだ、やめろ！」

止めようとする玉原を押しのけ、半三郎は御針殿の戸を開ける。村人たちとともに中へなだれ込む。

薄暗かったが、廊下の奥が例の御大針枕の部屋だとわかった。一気に障子を開くと、そこには彩菊が立っていた。窓は開け放たれており、雨が降り込んでいる。部屋の中にはすぐ、人だかりができた。

「通せ、通せ！」

びしょ濡れの村人たちをかき分けて入ってきたのは、玉原だ。

「何をしておる!?」

昨日の穏やかさなどかなぐり捨て、玉原は彩菊に迫る。

「窓を閉めよ！」

「薫香の煙が立ち込めていると、頭がぼんやりとし、正確な長さがわからなくなってしまう」

彩菊が強気に言い返すと、玉原の顔は一気に曇った。

「玉原印介、お主の悪行は、すべて雷獣どのから伺った」

隙を突くように、彩菊は一歩、玉原のほうへと踏み出す。

《そうじゃ！》

と、どこかから声がした。見ると、御大針枕の上に、鼠のような小さな獣がいた。

「あれが、雷獣……？」

半三郎は驚いた。村人たちも、こんなに小さく、どちらかと言えば愛らしい獣に戦いていたのかと、口をあんぐりさせている。

「玉原よ」

彩菊は隠していた物差しを取り出す。

「この御大針枕の大きさであるが、一稜が四尺というのは偽りである。本当は三尺なのである」

村人たちのあいだからざわめきが生まれた。

「用意周到なことにお主は、この御針殿に物差しの持ち込みを禁じ、一尺五寸の長さのまち針を用意し、〝御二尺まち針〟と名付けたのだ。四尺は二尺の二倍。三尺は一尺五寸の二倍。誰か、思い立ってこのまち針の長さで御大針枕を測ったときにも、四尺と勘違いされる」

なんということだ……。

「さらにお主は、この畳までも普通のものより小さいものを用意した。お主の家に、ここに敷いた畳と同じものがあった」

野菜や米を載せていたあの畳のことである。彩菊がここへくる間、あの畳が小さかったなどと言っていたことを、半三郎は思い出していた。

「この薫香も、気をそぞろにさせ、長さの勘を鈍らせる役目を担っていたのであろう。だから私は窓を開け、煙は外に出したのだ」

「ふふ……」

玉原は笑いだした。

「そうでしたか。御大針枕は少し小さめだったのですか。それは知らなんだ」

「嘘《うそ》をつけ！」

半三郎は怒鳴った。彩菊が算法に関して間違うわけがない。

「嘘ではございませぬ。それに一稜が三尺だったからといってどうなるのです？」

「何？」

「これだけの広さがあるのです。行事を成功させることができなかったのは、男たちのまち針の立て方が下手《へた》だったからでしょう。四十本のまち針を、一尺の間を空けて立てることができないと、どうして言い切れるのです？」

「くっ……」

半三郎は押し黙った。四十本のまち針を立てることが不可能である、ということを明らかにしないうちは、この行事がかならず犠牲者を出す行事であるということにはならない。

「それが、言い切れるのだ」

彩菊が、どこからか取り出した懐紙を皆に見せていた。

歪みなき六角形が描かれている。その中が、三角形に分けられていた【図・其《そ》の二】。

「これは、御大針枕を表した図である。小さな三角形一つは、稜が一尺となる」

半三郎と村人たちは一斉にうなずいた。

「もし仮に、針と針の間をちょうど一尺取れたとして、最も効率のよい針の立て方は、これら三角形の頂点に一つずつということになる」

少し考えたら、半三郎にも理解できた。三角形の頂点に一つずつ立てられているうちは、隣の針との間隔が一尺である。しかしこのうち一本を少しずらしただけでも、すでに立てられているどこかの針との間隔が一尺を下回ってしまう。

「待て」

村人の中から声が上がった。

「ってことは、四十本のまち針を立てるのは無理じゃねえか」

「なしてだ、徳右衛門《とくえもん》」

「おら今、数えただ。仮に御大針枕の縁に針を立てることができたとしても、

【図・其の一】

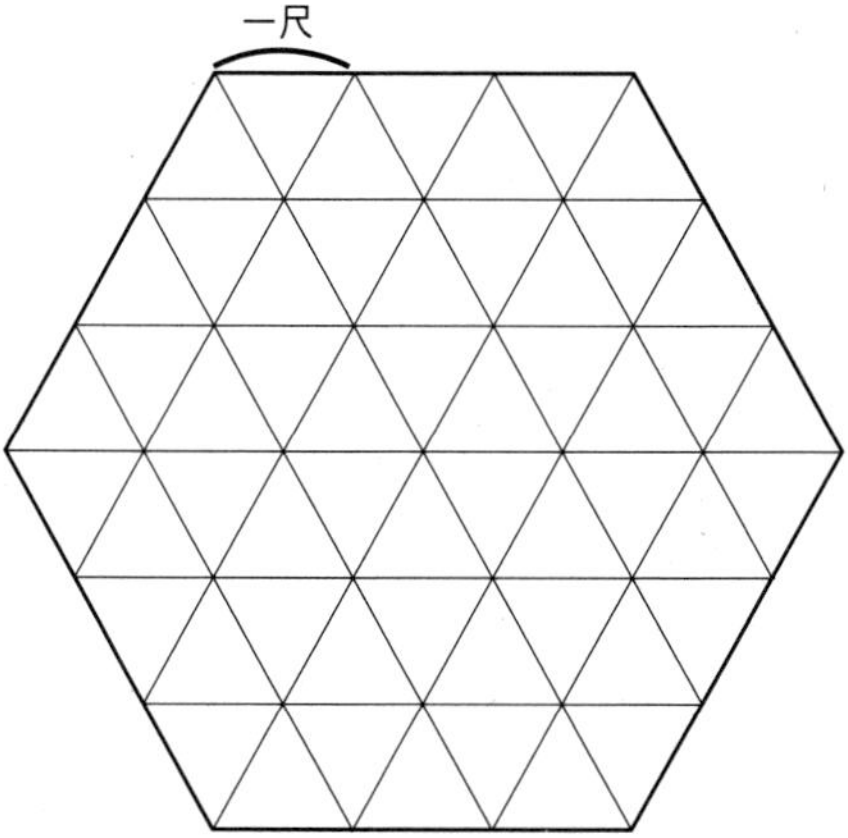

三十七しか立たねえ」

「何?」

村人たちは一つ二つと数えていく。傍らに佇む印介の額には、じっとりと汗が浮かんでいく。

「本当だ!」

「宮司、おらたちをだましたな!」

「玉原印介。二十年前、お主の父である玉原印天を殺したのは、雷獣どのではない。そもそも雷獣どのには、この建物から外へ怨念を送る力などないと仰せである」

彩菊は玉原を睨む。村人たちも玉原に殺気を向けている。

「だいたいおかしいと思っていたのだ。雷獣どのの仕業であったなら、雷電で黒焦げになるはずではないか。背中から切りつけられていたということは、下手人は人間であるということである。体中に針が突き刺さっていたのは、雷獣どのに罪をなすりつける意図であろう」

そして彩菊は、玉原に人差し指を突きつけた。

「印天を殺したのはお主であるな」

村人たちがざわめいた。

「なぜだ。なぜ私が、父を殺さねばならぬのだ……？」

「雷獣どのを利用して供え物をせしめたいと思っていたお主は、雷獣どのを解放させようとした印天と対立したからである」

彩菊が供え物のことをしきりに気にしていたことを、半三郎は思い出していた。

「お主は雷獣どのをそそのかし、決して村人が成功することのない針供養を作りあげ、毎年犠牲者を出すことで恐怖心を煽った。そして裕福な家には、針供養への参加免除の見返りに供え物をせびった。こうしてこの二十年、私腹を肥やしていたのだ」

「なんと……」「ひどい……」

村人たちの間から声が漏れる。怒り、憎悪、失望、悲哀、そういった感情が立ち込める。この中には、かつて家族や友人を雷電により亡くした者も大勢いるのだろう。彩菊は続けた。

「言いがかりじゃ」

玉原は彩菊を睨みつけた。しかし、村人たちはもう誰も、玉原を信用してはいない。

「もう言い逃れはできぬ。奉行所へついてきてもらおう」

半三郎は言った。

「うるさい！」

玉原は針の大幣を半三郎のほうへ投げ捨ててきた。半三郎が躱《かわ》すと同時に、玉原は窓のほうへ走った。

「逃げるな！」

半三郎は飛びかかり、その足を摑む。玉原の足袋《たび》がするりと抜け、手に残ったただけだった。片足裸足のまま、玉原は窓から外へ飛び降り、雨の中を逃げた。

「追いかけろ！」「逃がすな！」

村人たちが窓へ押し寄せるのを、

《どきなさい》

雷獣が遮った。村人たちはその声に、思わず止まる。

「何を……」

彩菊の言う前で、雷獣の体はすでにビリビリと光りはじめていた。

「雷獣どの」

うぉう、と雷獣は、吼《ほ》えた。

閃光と轟音。降りしきる雨の中に、特大の雷が落ちた。

「ぎゃあああっ！」

狩衣と烏帽子に何千本もの針をつけている玉原は、雷電の格好の標的であった。

半三郎は彩菊とともに、窓に駆け寄る。

「やはり、化け物を食いものにするものでは、ありませんね」

「ああ……」

二人は戦慄をもって、その光景を眺めた。

煙のくすぶる宮司の体に、容赦なく雨が叩きつけている。それはあたかも、天からの折檻のようであった。


〈物好きな読者のための追記〉

一種類の正多角形だけで平面を隙間なく敷き詰めることを「正平面充填《せいへいめんじゅうてん》」どいう。これが可能な正多角形は、正六角形、正方形、正三角形の三種類だけであることは、ピタゴラスによって紀元前にすでに証明されていたと言われている。御大針枕の問題は、この三種類のうちもっとも円に近い正六角形を扱うものであり、「正六角形をいくつの正三角形に分けられるか」と見るより、「正六角形の中に小さな正六角形をいくつ作れるか」と見るほうが本質的であるといえるであろう。

第二之怪
彩菊と夜桜人形

一

「姉さま」

おゆうの声がしたので、おたつは振り返った。廊下をばたばたとこちらへ駆け寄るその手には柄杓《ひしゃく》。右手でふたをするように押さえている。

「姉さま、姉さま」

「なんだというの、そんなに走って」

「いいから姉さま」

おゆうは柄杓を右手ごと、おたつの眼前に突き出した。そして、右手を退ける。

「ひっ」

思わず身をのけぞらせてしまった。柄杓の中には、親指二本ぶんもの太さの毛虫がいたのである。

「ほら、ほら、お姉さま、可愛《かわい》いでしょう」

「きゃあ」

おたつは尻餅をついた。おゆうはなおも、柄杓を突き出す。

「やめて、やめてよ」

姉のあまりの慌てようが可笑《おか》しかったのだろう、おゆうはお腹《なか》を抱えてけらけらと笑いだした。そして右手で毛虫をつまんだ。

「やあねえ、姉さま。作り物よ」

やっぱりか。この手で、子どもの頃から何回やられてきたことか。でもこの妹は、たまに本物の毛虫を布団に忍び込ませることもある。今年で十六になろうというのに、いつまでも子どもで困る。

「おゆう。あなたまた」

「いやだわ。もうすぐお嫁に行ってしまうというのに、お説教なんて」

不意に寂しげな目をしてみせるおゆう。おたつは思わず怒るのを止《や》めてしまう。

おたつは当年、十八である。父は水戸《みと》藩御用人の色川香左衛門《いろかわかざえもん》。この度、同じく水戸の犬塚《いぬづか》家に輿入《こしい》れが決まった。日取りは三日後である。

幼い頃より、二つ年下の妹のいたずらに翻弄されてきたこの暮らしも、あと三日で終わり。――そう考えるとたしかに、感慨めいたものが心に広がっていく。

「姉さま、お願いがございます」

「なんですか」

立ち上がり、着物の裾を直しながら、おたつは尋ねる。

「子どもの頃を思い出して、姉さまと遊びたいわ」

「いつまでもそんなことを言って」

「お願いよ。だって姉さま、お嫁に行ってしまったら、もう里帰りのとき以外は会えなくなってしまうでしょう?」

「そうね」

「雄五郎《ゆうごろう》さま、とても素敵ですものね。姉さま、初めてあの方にお会いしたとき、耳まで真っ赤になって」

話がよくない方へ向かおうとしている。

「姉さまは、私と違って器量よしですもの。きっと幸せになるわ。そして私のことなんか、忘れてしまうでしょう?」

「何をして遊ぶの?」

おゆうはにっこり笑って、「お人形よ」と答えた。

「お雛《ひな》さまはどうかしら?　官女の横に姉さまと私が並んで、五人官女になるのよ」

「お雛さまは季節が違うわ。それに、片付けるのが大変でしょう?」

「じゃあ、夜桜は?」

うなじの辺りに嫌な汗をかく心持ちになる。夜桜。あの人形には、あまりいい思い出はない。たしか、屋敷の奥の三畳間の押し入れに、父が仕舞《しま》ったきり、出していないはずだ。もう何年になるだろう。

「姉さま、出してきてね。私、自分の部屋にいますから」

「え」

おゆうは躍るような足つきで、廊下を走り去っていく。

気が進まないが、やはり可愛い妹の頼み。おたつは奥の三畳間へやってきた。母の部屋であったが、三年前に母が亡くなってからは使っていない。押し入れを開けると、見覚えのある桐《きり》の白い箱が出てきた。取り出し、畳の上に置く。押し入れの中にあった布で表面の埃《ほこり》を拭き取り、色あせた紫色の紐《ひも》をほどいていった。

ふたを開ける。

横たわる、一体の人形。黒色の地に桜の花が散る様子があしらわれた、珍しくも美しいおべべを着ている。この着物の模様から〝夜桜〟と名付けたのは、おたつだったか、おゆうだったか。おかっぱの黒髪。白い顔には微笑《ほほえ》みが浮かび、童子のように可愛らしいのだが、その顔を見ているとやはり恐ろしくなる。

おたつは七つか八つのころ、この人形が喋《しゃべ》るのを聞いたことがあるのだ。あれはおゆうがおらず、一人で遊んでいるときであった。夜桜を抱いていると急にくるりと首が回った。どきりとしてその顔を見ると、夜桜は女児の声で、《狭いところは嫌じゃ》と叫んだのだ。驚いて夜桜を投げ出し、泣いているところへ父がやってきた。訳を話したが、夜桜はすでにただの人形に戻っていた。

以来、おたつは夜桜をおゆうに譲り、自分は遊ばなくなった。

久々にその顔を眺める。

なかなかどうして、愛らしいではないか。きっと幼少の頃に聞いたあの声は、幻聴だったのだろう。

桐箱から夜桜を抱き上げる。穏やかな表情である。

「夜桜」

おたつは思わず話しかけた。己の心が優しくなったようだ。

「おたつは、お嫁に行くのですよ」

微笑み返してくれている。少女の頃に戻ったようであった。

――と、そのとき

《あー、狭かった》

夜桜の口が動いた。
「えっ？」
もう、春風のような笑みはそこにはなかった。にたあ、と袈裟《けさ》懸《が》けの疵《きず》のような真っ赤な口を開き、夜桜はその表情とは裏腹に、恨みがましそうな声をひねり出した。
《狭いところは、嫌じゃと言うたのに》
「きゃっ」
おたつは夜桜を放り投げた。夜桜は畳に落ちることなく――そのまま、宙に浮いた。
《こんな狭いところに閉じ込めおって》
おたつの周囲から光が消えた。
《自分は嫁に行くなどと、不届き千本桜》
桜の花びらが降り注いでくる。おたつは声も出ない。
《そなたの魂を》
夜桜の黄色い帯が、ひとりでにするするとほどけていく。狙いを定めた蛇のように、桜吹雪の間を縫って、おたつの首に絡みついた。ぐぐと、おたつは締め上げられる。

「かっ……」

《花と散らしてみせようぞ》

苦しい。息ができない。喉が痛い。

夜桜は、ケタケタと笑いだした。おたつの目には無数の花びら。それもしだいにぼやけていき――。

「姉さま？」

廊下のほうで、おゆうの声がした。様子を見にきたようだ。

「姉さま！」

来てはいけない！　おたつは力を振り絞って叫ぼうとした。

「あ……」

その気持ちは届くことなく――おたつは、気を失った。

二

色川家の屋敷は、高那《たかな》家と同じくらいに立派であった。

彩菊《あやぎく》は緊張していた。水戸に来てからというもの、こんなことばかりである。

「色川香左衛門と申す」

その、細身ながらも鍛え上げた肉体の侍は言った。

「拙者は、高那泰次《やすつぐ》が三男、半三郎《はんざぶろう》です。これは、わが妻、彩菊でございます」

夫に紹介され、彩菊は頭を下げる。

「お二人のことは、楓軒《ふうけん》より聞き及んでおる」

楓軒というのは、紅葉《もみじ》村郡《こおり》奉行の小宮《こみや》山楓軒のことである。彩菊は先日、半三郎と共に小宮山のもとを訪れ、その要請を受けて「雷獣針供養《らいじゅうはりくよう》」なる悪習を止めさせることに一役買ったところなのであった。

小宮山はかつて彰考館《しょうこうかん》で史料の編纂《へんさん》にあたっていたこともあり、水戸に多くの知己がいた。彩菊たちの活躍はすぐに知れ渡った。

「泰次殿も、二人のことを誇らしく思うておることであろう」

今日は、半三郎の父である泰次より、二人はこの色川香左衛門の家へ行くように命ぜられたのだ。また化け物のことであろうと彩菊は気が進まなかったが、義父の命ならば断るわけにはいかない。

「ときに、二人に今日、来てもらったのは、他でもないのだが――」

香左衛門というその侍は目を伏せる。いよいよ、本題に入るようだ。

「実は、嫁入り直前の娘が、化け人形に魂を奪われてしまったのだ」

不穏な話である。彩菊は身震いしそうになった。

「話すより先に、娘に会ってもらったほうが早いかもしれぬ。こちらへ来ていただきたい」

立ち上がり、襖《ふすま》を開ける。彩菊と半三郎もそれに続き、廊下へ出た。

長い廊下を二回ほど曲がり、一番奥の間へ案内された。そこは、三畳の、小さな部屋であった。

部屋の中央には一組の布団があり、若い娘が一人、死んだように眠っている。脇に医師と思《おぼ》しき男が一人座っていた。

「娘のおたつである」

彩菊は布団のそばに歩み寄り、その娘の顔を見て驚いた。

「これは……」

整った顔立ちをしているが、顔のところどころが薄赤く腫れ、まだら模様になっている。そしてよく見ると、その腫れた個所《かしょ》は桜の花びらの形になっているのである。何か、得体の知れないものの力にとりつかれているのは確かであった。

「彩菊」

半三郎が耳打ちをする。部屋の隅を見よ、と言っているようだった。

桐の箱があり、その上に一体の人形が立っていた。おかっぱ頭に、白い顔。可愛らしい表情の女児であるが、着物の柄が少し変わっている。黒の地に桜の花びらがあしらってあるのだ。

「あれが、その人形ですか」

彩菊が訊ねると、香左衛門はうなずいた。

「さよう。娘たちは〝夜桜〟と名づけていたようであるが」

人形には魂が宿ると聞く。それはときに邪悪な存在になってしまうとも。

「娘は嫁入りが決まっておる。なんとか、娘の魂を取り戻していただきたい」

香左衛門の言葉からは、切実な思いが伝わってくる。……普段は気が進まない化け物との対決であるが、彩菊は今回ばかりは早くも心を動かされた。

「ともかく、おたつ様が気を失われたときのことを、詳しくお聞かせ願えますでしょうか」

すると香左衛門は眉をひそめた。

「どうなさったのですか」

「それが、おたつがこの人形に魂を抜かれるところを見たのは、妹のおゆうなのだが」

「ええ」

「これが少々変わった娘でな、父親である拙者も困っているのだ」

　変わった娘。彩菊は、半三郎と顔を見合わせた。

＊

　先ほどの広い部屋に戻って待っていると、ほどなくして使いの者に連れられた娘が一人、入ってきた。

「ゆうでございます」

「きゃっ！」

　頭を下げるその姿を見て、彩菊は叫び声をあげた。半三郎が隣で目を丸くする。

「どうしたのだ、彩菊」

「どうしたって、あれをご覧ください」

　おゆうという娘の、つやのある髪。その髪に差し込まれたかんざしの玉に、緑と黄色の縞《しま》模様の、太い毛虫が付いているのである。

「お気づきになられましたか」

おゆうは至って普通というように笑っている。それどころか手を伸ばし、愛《め》でるように毛虫をふにふにと触った。

「作り物でございます。可愛らしゅうございましょう？」

心底楽しそうに笑っている。

「かような小さき虫たちでも、たくさんいると、葉をがじがじ、がじがじと食《は》み、ついには一本の木を枯らしてしまうのでございますよ」

たしかに、変わった娘のようだ。目が離れており、姉より少し容姿は劣るようであった。

「おゆう」

香左衛門が、困ったような顔で言う。

「よいから早く、おたつが魂を抜かれたいきさつについて話すのだ」

「はい。承知致しました」

おゆうは毛虫をいじる手を止めないまま、話を始めた。

「姉さまと私は、昨日、久しぶりに夜桜と一緒に遊ぼうという話になったのでございます」

言いだしたのはおゆうのほうだったという。姉が嫁いでいってしまう寂しさから、昔が懐かしくなったのだった。お菓子を食べながら人形遊びをするのが、小さい頃の一番楽しい時間だったのだ。姉もおゆうの気持ちを酌《く》んでくれたと見え、承諾してくれた。

人形は家の一番奥の間の押し入れにしまってある。それを取ってくるようにと姉に頼み、おゆうはお菓子を用意して自室で待っていた。

「ところが、姉さまはなかなか私の部屋に来てくれませんでした。胸騒ぎがした私は、あの奥の間に行ったのです。そうしたら、あのような光景が……」

突然、恐ろしげな口調になった。先ほどまでの無邪気そうな表情は消え、青ざめたような顔になっていた。彩菊はこういう顔を何度も見てきている。自分が見てきた、異形の者について語る人の顔である。

「あのような光景とは？」

半三郎が尋ねる。

「部屋が暗いのです。そして、桜が舞っているのです」

そこはもう、おゆうの知っている三畳間ではなかった。人形の呪力に支配された、闇と桜吹雪《ふぶき》の空間であった。その中で、人形が宙に浮き、帯が姉の首を絞めていたというのだ。

「私はどうしてよいかわからず、立ち尽くしていました。すると夜桜は私のほうに首をくるりと向け、こう申したのです。《お前の姉やの、魂を預かった》と」

「魂を、預かった」

「ええ。そして、いかに自分が狭いところに閉じ込められて苦しかったかを語りました。私は泣いて夜桜に頼みました。姉を返してと。すると夜桜は言いました。《どうしても姉の魂を返して欲しければ、明日の酉《とり》の刻二つ（午後六時）までに、私に新たな桐の箱を用意せよ。姉の魂は、それと引き換えじゃ》と」

おゆうは次第に興奮してきたようだ。いつのまにかかんざしは頭から抜かれ、先端の毛虫を右手で握ったり緩めたりしている。

「桐の箱を？」

「はい。しかも一つではありませぬ」

おゆうの目が一瞬、天井のほうを向いたように彩菊には見えた。

「三つ、でございます」

指を三本立てた左手を突きつけてくるおゆう。そして、懐に手を入れると、一本の黄色い帯を取り出した。

「夜桜は自分の帯を解き、私へと飛ばしてきました。そしてこう言ったのです。

《箱の三稜《りょう》の長さの合計はその帯の長さと同じとせよ。三つの箱は同じではつまらぬ、違う形とせよ。だが、量《かさ》が違うと眠りにくそうじゃ。三つの箱の量は同じとせよ》」

「三つの箱の、量は、同じ……？」

夜桜人形の言を再現したおゆうに向かい、彩菊は訊《き》き返した。

彩菊は幼少のみぎりより、様々な算法の問題を自分で考えては解いてきた。しかしこれは、初めての問題である。ちなみに、「稜」というのは後の世で言う「辺」のこと、「量」というのは、「体積」のことである。

「その帯を見せていただいてもよろしいですか」

おゆうは「どうぞ」と彩菊に畳んだ帯を手渡した。黄色い、何の変わりもない帯である。人形のものらしく幅は狭いが、長さはけっこうあった。

この帯と、三稜の長さの合計を同じにする。……帯の長さをいくつかに決め、物差しがわりにするというやり方がよさそうだ。たとえば帯の長さを廿《にじゅう》とすると……

「彩菊どの」

黙っていた香左衛門が声をかけてきた。

「はっ」

「帯を眺めながら、何を笑っておるのだ」

「あっ。ああ……」

また、悪い癖が出てしまった。出会ったことのない算法の問題を目のあたりにすると、どんな状況でも自然と口がほころんでしまうのである。彩菊はうつむきながら口元を引き締めた。

「申し訳ありませぬ。妻は算法のことになると、周りが見えなくなるのでございます」

半三郎が弁明する。

「そうか」

香左衛門は、手妻《てづま》（手品）でも見たような顔をしていた。毛虫のかんざしを愛でるわが子より変わった娘が現れたとでも言いたげであった。

「香左衛門様、この一件、お引き受けいたしましょう」

彩菊が言うと、香左衛門は一転、安心したような顔になる。

「かたじけない。おたつは輿入れを控えておる。くれぐれもお頼み申す」

「ときに」

半三郎が口を挟む。

「桐の箱はいかがいたしますか。誰か職人に任せたほうがよいのでは」

「それならば、上金町《かみかねまち》に、中篠屋《なかしのや》亥久二《いくじ》というなじみの指物師《さしもの》がいる。実は今朝、使いをやって事情は話してある。そこへ行ってくれるか」

「わかりました」

そうと決まれば話は早い。彩菊ははやる気持ちで立ち上がる。頭の中はすでに、無数の箱で詰まっていた。

三

「彩菊」

上金町へと向かいながら、半三郎は聞いた。

「夜桜人形の望みなのだが、いったいどういうことなのだ？」

「といいますと？」

「先ほどの話、全然分からなかった」

算法のこと、どうせ今回も彩菊が手柄を上げるであろう。しかし、問題の内容がつかめないままでは、このまま付き合ってもつまらぬ。彩菊はうなずき、懐から帯を取り出した。

「箱には、十二の稜がございますね。長さは三種。それが四本ずつあるのです」

後の世の表現で言えば、「直方体には、縦、横、高さという三種類の長さの辺が、それぞれ四本ずつ、合計十二本ある」ということである。それくらいは半三郎にもわかる。

「そうだな」

「その三種の稜を一本ずつ足した長さが、この帯と同じにならなければならないということです」

彩菊は帯を両手ですくうように持ってみせる。

「そのような箱、いくらでもあるであろう。三つくらい適当に作ればよい」

すると彩菊は首を振った。

「夜桜人形の所望している三つの箱というのは、量まで同じでなければならないのです。たとえば、この帯全体の長さを、廿といたしますと、三種の稜の長さの組み合わせはどういう例が考えられますか？」

半三郎は考えた。いろいろ難しいことを言っても、足して廿となる三数を見繕えばよいのだ。

「三、七、十というのはどうだ」

「けっこうでございます。三と七と十の和は廿ですゆえ。もうひと組、思いつかれますか?」

「もうひと組?」

再び、考える。

「では、四、五、十一というのは」

「けっこうです」

このような組み合わせ、いくらでも思いつくではないか。

「ではは じめの、『三、七、十』の三稜を持つ箱の量はいくらになりましょうか?」

「三と七と十を掛け合わせれば良いのだろう」

暗算でできる。

「二百十だ」

「ご名算。では、『四、五、十一』では?」

今度は少しばかり、時間がかかった。

「二百二十、であるな」

「はい。二百十と二百二十、量の値が異なります。これでは夜桜人形を満足させることはできませぬ」

「何？　……そういうことか」

しかし、稜の和を一定にするということは、どこかを長くすればどこかが短くなるということである。ということは、その三数の積である量も変わってくるではないか。その箱を二つならず三つも用意せよというのだ。

「彩菊。量まで同じになる三稜の組み合わせが、三組もあるだろうか」

「わかりませぬ」

「なっ」

思わず、足が止まる。

「わからぬとはどういうことだ」

「難問でございます。ですが、わからぬから考える価値があるのではないですか」

心底楽しそうな顔。わが妻ながら呆《あき》れてしまう。彩菊は、本当に算法が好きなのだ。皮肉なことに、このときの顔こそ、半三郎の目には魅力的に映るのだった。

「さあ、急ぎましょう」

彩菊の足取りは、軽くなっていた。

＊

半三郎は、棺桶《かんおけ》の前に座ってじっと考え事をしている彩菊の姿を見ている。棺桶のふたの上には懐紙が広げられ、いくつかの図と、数字が書き散らされていた。

亥久二の家の作業場である。

「お茶ですが」

亥久二が茶碗《ちゃわん》を運んできた。もう三杯目である。

「ああ、すまぬ」

「まだ、寸法は出ませぬか」

「もう少しだと思うのだがな」

と、彩菊を顧みる。

ここへ来たのは一刻ばかり前になるだろうか。作るべき三つの箱の三稜の寸法を考えるべく文机《ふづくえ》を所望した彩菊であったが、あいにくのところこの職人の家には修理中の文机しかなかった。すると彩菊は「あれのほうが広くてよろしいです」と、白木作りの棺桶を指さしたのだった。

彩菊は真新しい棺桶を台に、矢立から小筆を取り出すと、ものすごい勢いで懐紙に数字を書き散らし、ああでもないこうでもないと言い続けていた。が、煮詰まったと見え、もう半刻ばかり長考しているのだった。

「早くしてくれねえと、あっしも、箱を作りようがありません」

「わかっておるのだが、妻が、ああなってしまっては」

「約束の時刻は酉の刻二つでございましたでしょうか？」

「ああ」

「間に合わぬかもしれません……」

亥久二は顔を弱気にしかめた。五十を過ぎた、白髪まじりの男である。

「そのようなことを申すな。水戸城下ではもっとも仕事の早い指物師であるというではないか」

「それは間違いです、お侍さま」

亥久二はにやりと笑った。

「もっとも仕事が早く、もっとも腕の慥《たし》かな指物師でごぜえます」

こやつ、まだまだ余裕があるではないか。

と、そのときであった。

「お頼み申します」

作業場の入口から声がした。亥久二が立ち上がり、戸を開ける。外はすっかり暗くなっていた。背の低い少年が、提灯《ちょうちん》を持って立っていた。

「色川家の使い、谷助《たにすけ》でございます。高那半三郎様、彩菊様、箱は出来上がりましたでしょうか」

「すまぬ。まだじゃ」

半三郎は使いに、彩菊の状態を指して言った。

「それは困りました。旦那様が連れてこいと仰せですので」

「箱はない」

「困ります」

忠誠心はあるが、融通のきかない性格のようであった。

「そのようなことを言われてもこちらも困る。一度お引取りを」

「約束ではございませぬか」

一向に引かない少年の態度に、半三郎は次第に苛《いら》ついてきた。

「武士が約束を破りまするか」

「何をっ！」

ついに、置いてあった刀を摑《つか》んで立ち上がる。そのあまりの剣幕に、亥久二はおののき、震えていた。

「それがしは、何も間違ったことは申しておりませぬ」

少年は勇ましく言い放った。

がた。がたがたがた。背後で、何かが落ちる音がした。びっくりして振り返ると、彩菊が宙を見るような顔をして立ち上がっていた。直しかけの箪笥《たんす》の引き出しが落ちていた。

「ああ、ああ……」

亥久二がそれを拾いにかかる。

「三十九」

彩菊はそれに見向きもせず、言った。

「何？」

「三十九でございます！　半三郎様」

四

『四、十五、廿』――和が三十九、積が千二百
『五、十、廿四』――和が三十九、積が千二百
『六、八、廿五』――和が三十九、積が千二百

「おおーっ」

彩菊が懐紙に書いたその数を見て、半三郎、亥久二の二人は声を揃《そろ》えた。

感動しているのは彩菊も一緒である。

足して三十九、掛けて千二百。足し合わせた合計と、掛け合わせた合計が共に同じになる三つの数が三組。あった。たしかにあった。美しい。これだから算法はやめられぬ。

「それでは、早速箱を作らせていただきますだ」

亥久二が手ぬぐいで鉢巻をする。

「間に合うか」

半三郎が訊ねると、

「あっしは、水戸でもっとも仕事の早い指物師でごぜえやす。この腕にかけて、間に合わせてみせますだ」

頼もしい。彩菊は亥久二に、帯を手渡した。

「それではまず、この帯を三十九等分して印を付けよ」

帯の全体を三十九とし、それを物差しとして板の寸法を測るのである。

「わかっております だ」

亥久二は帯を受け取ると、作業に取り掛かった。

「しかし、間に合いそうでなによりです」

茶を飲みながら、夜桜人形との対決に備えて休養でもしようと考えていると、使いの谷助が言った。

「もし間に合わない場合は、自分で箱を用意して誤魔化さなければ、と、おゆう様は仰せになっておりましたゆえ」

「自分で？」

半三郎が尋ねる。

「桐の箱など、そう簡単に用意できまい」

「色川家には、立派な、段飾りの雛人形がございます」

雛人形。彩菊も子どもの頃憧れたが、貧乏藩士の車井《くるまい》家ではとてもとても手が出なかった。苦い思い出を抱きながら、茶をすする。

「お雛様の箱を渡すわけにはいかぬので、官女とお内裏様の箱で代用する、などと仰せで」

……えっ？　彩菊は茶を飲む手を止めた。

「寸法が違うことなど、すぐにわかってしまうではないか」

「ええ。ですから困っていたのです」

「ひとつ」

半三郎と谷助の会話を、彩菊は止めた。

「色川家の段飾り雛というのは、どういう構成であるか」

彩菊のこの問いに、谷助は不思議そうな顔をしながら答えた。

それを聞いて、彩菊は血の気が引く思いになった。……まさか。

のこぎりが勢いよく板を分かつ音が響いている。今まさに、箱が出来上がろうとしていた。

「中篠屋亥久二。待たれよ」

彩菊は立ち上がり、その職人の技を止めた。

「ん？　なんです」

亥久二は言われるがままに手を止め、彩菊を見た。半三郎と、谷助も同様である。

これは、ちょっと厄介なことになりそうだ。彩菊は額を掻《か》いた。

しかし、やらねばならぬだろう。

＊

谷助が、背中に風呂敷包みを背負い、先頭を走っていく。揺れる提灯の光を頼りに、同じく風呂敷包みを背負った半三郎と彩菊がついていく。

色川家までの道のりがこんなに長いというのは予想外であった。足がもつれそうになるが、体勢を立て直す。

「彩菊、大丈夫か」

前を行く半三郎が聞いた。

「はい。大丈夫でございます」

せっかく亥久二に箱を作ってもらったのに、酉の刻二つに間に合わないのでは意味がない。

　ようやく屋敷が見えてきた。三人は転がるように門をくぐり抜けた。

「お着きになりました！」

「おお、待っておったぞ」

　香左衛門とおゆうが迎え入れる。彩菊も半三郎も息が切れている。

「間に合いましたか」

「まだ人形は動き出してはございませぬ」

　おゆうが答える。

「とにかく急いで」

　箱を持って、奥の間へと進んだ。おたつは、相変わらず布団に寝かされていた。医師もいる。一同はその布団を囲むように座った。

「大丈夫だろうか」

　酉の刻が近づくにつれ、不安になったのであろう。香左衛門がそわそわしだす。身分の高い武士の威厳が形無しであった。

「わが妻にお任せください」

　半三郎が言った。すべては、彩菊に任されている。やらねばならぬ。覚悟はとっくに決まっていた。

ちらりと、父の陰に隠れるようにしてこちらをうかがっているおゆうの顔を見る。かんざしの毛虫の飾りをふにふにといじっている。姉が大変な目に遭い、父が胸も張り裂けんばかりに心配しているというのに、動じている様子はなかった。

不意に、行灯《あんどん》の明かりが消えた。

「あっ」

闇である。夜の闇ではなく、呪力にあふれた、墨で塗りつぶしたような暗黒であった。

「暗い」「これはどうしたことだ」

医師と香左衛門が恐怖におののく声がした。

「静かにしてくださいませ」

彩菊は制する。ひらり。彩菊の目の前に、何かが落ちてくる。闇であるはずなのに、その薄桃色がやけに目に付いた。妖力が肌を通じて痛いほど感じられた。

ひらり。ひらり。

桃色のものはあとからあとから舞い落ちる。三畳のその部屋を埋め尽くすかのように。

桜吹雪であった。それは美しかったが、春の穏やかさというよりむしろ、冬の寒々しさを伴っていた。

けたたましい笑い声が聞こえた。

桜吹雪の中、人形が浮いていた。

その顔には優しい笑みはない。あるのは、人の魂を弄《もてあそ》ぼうと企《たくら》む、邪悪なる笑いであった。

《わたしのために、箱は用意できたのか》

人形は、真っ赤な口を開いた。

五

……これは、どうしたことだ。

半三郎は腰の刀に手をやりながらも、その異様な光景に圧倒されている。先ほどまではたしかに三畳しかない狭い部屋だったのに、行灯の光が消えるなり、だだっ広い空間になった。

舞い散る桜吹雪は怪しげな光を放ち、おたつの寝ている布団に触れると消えていく。人形は浮き、気味の悪い笑い声を立てており、わが妻彩菊は、その人形とにらみ合っていた。

「夜桜人形よ」

彩菊は一歩、前へ出る。半三郎はなおも刀を持つ手に力を入れた。人形が彩菊を襲おうものなら、即刻、斬りかかるつもりである。化け物にその一撃が効かなかったとしても、妻が襲われるのをみすみす見過ごすわけにはいかぬ。

《誰じゃ、そなたは》

夜桜人形は、拍子抜けするくらい甲高い声で尋ねた。

「水戸藩士、高那半三郎が妻、彩菊と申す」

《呪い師のたぐいであるか》

「いや、算法使いである」

《なにを申す》

夜桜人形は闇の上に浮き、短い両手を天に上げた。桜吹雪はいっそう強く、そして妖しい美しさを増す。

「そなたの望む新たな箱を持って参った。三稜の和は同じ、量も同じ、形だけが違う」

《まことか、見せてみよ》

「そう焦るでない。半三郎様」

「おう」

　半三郎は返事をした。

　人形から、殺気は消えていた。半三郎は一歩下がり、香左衛門やおゆう、医師の足元に置いてあった風呂敷包みを解いていく。中身はもちろん、中篠屋の作った三つの箱である。寸法がぴったりなのはもちろんのこと、表もまるで赤子の皮膚のようにすべすべしている。急いで拵《こしら》えたとはとても感ぜられないほど、水戸随一と呼び声の高い職人芸であった。その場に控えていた谷助も手伝い、箱を三つとも、夜桜人形の前へ運ぶ。

「どうじゃ夜桜人形よ。たしかめてみよ」

　彩菊は手に持った帯を、夜桜人形へと差し出す。人形が手を動かすと、その帯は生きているかのように彩菊の手からするりと抜け出、箱へと向かっていった。宙を泳ぐ蛇のように見えた。

《ふむ……》

　夜桜人形の目は真剣そのものであった。

帯を、高さ、縦、横の順に箱の稜にあてがっていく。一つ目の箱は、ぴったり帯と同じであった。

《たしかに》

続いて、二つ目、三つ目の箱。

「どうだ、お主の望みどおりであろう」

《まだ量をたしかめておらぬ》

とたんに、夜桜人形の頭上に、水が湧き出た。水は塊となったまま、宙に浮いている。これを、実際に箱の中に入れて、比べるようだった。

一つ目の箱に、水が入っていく。夜桜人形が手刀を横一文字に切ると、余った部分の水は弾《はじ》け、桜吹雪とともに消えていった。

一つ目の箱から出てふわりと浮いた水の塊は、今度は二つ目の箱へと入っていく。するとどうだろう。ぴったり収まるではないか。同じく三つ目の箱にも水は過不足なく入った。この三つの箱の量が同じであることは、確認された。

「どうじゃ、間違いないであろう」

《この三つの箱は、たしかに》

半三郎は気を引き締めた。

――もし彩菊の言うことがただしければ、半三郎にはここから先、もうひとつの仕事が残されている。
じりじりと、足を後退させていく。
「おたつ様の魂を、潔く戻すのだ」
すると夜桜人形は首を一回、くるりと回転させた。おかっぱ頭が舞う。回転させて戻ってきた顔は、鬼のようになっていた。
《冗談を申すな》
「なんだと？」
《足りぬではないか》
――やはり、きた。彩菊の言うとおりであった。
すぐ後ろで、忍び足で逃げようとする気配がある。
「箱は三つということではなかったのか」
《いいや、違う》
夜桜人形はこちらへと顔を向ける。
《四つと言ったはずじゃ》
とたんに走り出す人の気配。半三郎は猫のように飛びかかり、その手を摑んだ。

「どこへ行かれるか」

その相手――おたつの妹、おゆうは予期せぬことに出会ったとでも言いたげに半三郎の顔を見つめていたが、やがて「ふっ」と笑みを漏らした。

「毛虫を採りにいくのでございます」

「嘘《うそ》を申されるな。逃げるつもりであろう」

「どど、どういうことじゃ」

香左衛門は状況が分かっていないようであった。当然である。父には信じがたきことであろう。

「おゆう様、夜桜人形は、『箱は四つ』と申しておるみたいですが」

彩菊が声をかけてくる。おゆうの顔は歪《ゆが》んでいく。谷助と医師はわけがわからぬと言わんばかりに顔を見合わせ、夜桜人形でさえも、注目を掠《かす》め取られてきょとんとしていた。

「昼間、私たちには『箱は三つ』とお告げになりましたね」

「そう、だったでしょうか」

おゆうはとぼけた。半三郎の手を振り切るとかんざしを抜き取り、毛虫を手で弄びはじめる。

「それがしも聞いたぞ。おゆう。そなた、『三つ』と」

香左衛門も言った。

「でも、夜桜が言うなら四つなのでしょう」

開き直るおゆう。手の中の毛虫は、あたかも生きているかのように蠢《うごめ》いている。

「おゆう！　何をしでかしたのかわかっておるのか！　このままではおたつが……」

「黙ってっ」

おゆうは金切り声を上げた。半三郎は思わずその手を離しそうになる。

「父上はそうやっていつも、姉さまばっかり」

「何？」

「嫁ぎ先も、姉さまばかりいいところへ。私のように暗く不器量な娘はお嫌いなのでしょう」

と涙声でここまで言ったかと思うと、顔をくいっとあげてけたけたと笑いだした。

その顔は、蒼ざめていた。

「でもいいの。姉さまは色川家の花。そう、桜ですもの。私はその桜にべったりへばりついている毛虫よ」

「おゆう……」

娘の変貌ぶりに、色川は声を失っている。

「でもね父上。お忘れにならぬよう。毛虫は桜を枯らすことだってできるのよ。がじがじ、がじがじと、葉を食べつくして、ね」

その目は嫉《そね》みに揺れ、その肩は妬《ねた》みに震えている。

「ねえ、夜桜。綺麗《きれい》な桜吹雪を散らせてあげてちょうだい」

半三郎は戦慄に駆られた。この娘は初めから、姉の魂を夜桜に渡すつもりだったのだ。

《わたしには、お主らのいざこざなどどうでもよい》

夜桜人形は状況を飲み込んだようで、調子を取り戻していた。

《箱が四つ用意できぬとなれば、おたつの魂を吸い取るまで》

「や、やめてくれ……」

香左衛門がすがろうとするが、得体の知れない力によって弾き飛ばされた。おゆうは相変わらず、涙をぼろぼろこぼしながら笑い転げている。桜吹雪はいよいよ強くなり……。

「高那どの！　彩菊どの！」

そのとき、廊下の向こうから、聞き覚えのある声がした。どたどたと走ってくる足音。

「できましたぞ」

風呂敷包みを背負って登場したのは、中篠屋亥久二であった。亥久二はさすがに、気味の悪い人形が浮いているその光景にぎょっとしたようだが、半三郎が「渡せ」と言うと、風呂敷包みを床に置き、解いた。

「間に合ったか」

「あっしを誰だと思ってるんですか。水戸でもっとも仕事が早く、もっとも腕の慥かな指物師ですぜ」

《なんであるか》

人間たちのやりとりに、再び不思議そうな顔をする夜桜人形。半三郎は亥久二が持ってきたばかりのそれを差し出した。

「見るがよい。四つ目の箱である」

おゆうの笑いが、止まった。

六

『十四、五十、五十四』――和が百十八、積が三万七千八百
『十五、四十、六十三』――和が百十八、積が三万七千八百
『十八、三十、七十』――和が百十八、積が三万七千八百
『廿一、廿五、七十二』――和が百十八、積が三万七千八百

彩菊は義父の高那泰次に、三稜の組み合わせを書いた紙を差し出した。泰次は算《そろ》盤《ばん》を弾いてそれを確認し、「うむ……」とうなずいた。

「たしかになるが、彩菊よ」

精悍《せいかん》そうな顔で彩菊を見る。

「お主はこれを、自分で考えたのか」

「はい。とても面白い問題でございました」

「面白い、か」

泰次は隣の半三郎に視線を移した。

「お前はよくよく、珍しい妻を見つけたものじゃ」

恥ずかしそうに俯《うつむ》く半三郎。

夜桜人形の一件から、まる一日が経《た》っていた。泰次は今日、色川家へ行き、いろいろの事情を聞いてきたようで、そのいきさつを二人に話したのだった。

そもそもの始まりは、半年ほど前、香左衛門が犬塚雄五郎という若い武士を、家に招いたことである。犬塚は顔立ちもよく、将来も期待されている男であり、自慢の娘であるおたつの婿にしたいという気持ちがあったからだった。雄五郎もおたつもお互いを一目見て気に入った。しかしここでひとつ、思わぬことが起こった。おゆうも、雄五郎に一目惚《ひとめぼ》れしてしまったのである。しかし、父が姉のために連れてきた相手。不器量で性格も卑屈な自分がしゃしゃり出るわけにはいかぬと、気持ちにふたをして、姉の幸せを祝福することにした。

ところが、姉の婚儀が三日後に迫ったあの日、夜桜人形の一件が起こったのである。

夜桜人形が帯で姉の首を絞めているのを見たとき、おゆうは、もちろん姉を助けようとしたが、魂を質に取られているその状況を考えているうち、気持ちのふたが次第に外れていった。

姉への心配と思慕。姉への羨望と嫉妬。おゆうは葛藤した。それは、彩菊たちにことのいきさつを説明しているときですらそうだった。話が桐箱のことに及び、「はい。しかも一つではありませぬ」と言うときには、まだ嘘をつくつもりはなかった。だが、ほんの一瞬の心の迷い、枡《ます》一杯に満たされた水が、たった一滴溢《あふ》れるような、そんな微妙な心持ちで、言ってしまったのだ。

——「三つ、でございます」。

「彩菊」

泰次は訊いてきた。

「なぜ、おゆうが嘘をついているとわかったのだ」

「雛人形のことでございます」

「雛人形？」

それは、中篠屋亥久二が箱を作り始め、彩菊が茶を飲んでいるときのことである。半三郎と話しているときに谷助が言ったのだ。もし桐箱ができぬ場合は、「官女とお内裏様の箱で代用する」とおゆうが言っていたことを。

「段飾りの雛人形には、官女が五人や七人いる場合もあります。しかし、谷助に確認しましたところ、色川家の雛人形は三人官女であるとのことでした」

ということは官女の箱は三つのはずである。夜桜人形の求めた箱が本当に三つなのだとすれば、代わりの箱は「官女の箱」だけで事足りるはずだ。しかし、おゆうはお内裏様の箱まで必要だと言っていた。

「あの娘は、無自覚のうちに箱は四つだ、と言っていたのですよ」

それに気づいた彩菊は、まず、和が三十九、積が千二百になる三稜の組み合わせをもうひとつ探したが、ついに見つけることができなかった。そこで別の組み合わせを考えると、天啓のように答えが降ってきたのだ。

新たな寸法を中篠屋亥久二に告げ、箱を作らせたが、三つできたところで時限がかなり差し迫っていた。彩菊はそこでおゆうを騙《だま》す一計を編み、半三郎に伝えた。そして四つ目の箱はでき次第届けるようにと亥久二に言い残すと、彩菊、半三郎、谷助は三つの箱を持って色川家へと急いだのだ。

彩菊の思惑通り、おゆうは「箱は三つ」であると彩菊たちが信じていることを確信していた。

「ふうむ……」

義父の泰次は顎に手を置いて彩菊の顔を見ていたが、

「お主は本当に聡明《そうめい》であるな」

とだけ言った。褒められたのは嬉《うれ》しいが、彩菊の心には靄《もや》がかかったようになっていた。

昨日、桐の箱を四つ与えられた夜桜人形は満足したように微笑み、もとの人形に戻っていった。そのまま四つの箱と共にすぐに神社に運ばれ、お焚《た》き上《あ》げが行われたという。すぐにおたつは正気を取り戻したが、今なお療養中となっている。

「あの家族は、どうなってしまうのでしょう」

彩菊はぽつりと言った。泰次は黙り込んでしまった。

姉に嫉妬をし続け、ついにはその魂を化け物に引き渡そうとした妹。妹をそこまで追い込んだ父。姉はこの二人を残して嫁に行って、果たして幸せになれるだろうか。

「話し合うしかあるまい」

そのとき、答えるように言ったのは、半三郎だった。

「時間がかかっても、話し合うことで解決するしか」

「解決できるでしょうか」

「してもらわねば困る。そうでなければ」

半三郎は、彩菊の顔を見た。

「お前があの家族を救った意味がないではないか」

半三郎の顔を眺める。そして彩菊は微笑み、うなずいた。

牛敷《うししき》は遠くなってしまったが、彩菊の家族はすぐそばにいて、前よりずっと頼もしかった。

〈物好きな読者のための追記〉

彩菊が夜桜人形の要求を受けて考えた、「同じ長さの紐で梱包《こんぽう》できる、三辺の長さが異なる同体積の直方体を複数用意せよ」という問題は、今日「クリスマス・リボン問題」と呼ばれている。三種類の直方体が作れる組み合わせ、四種類の直方体が作れる組み合わせはそれぞれ、彩菊が発見したパターンしかないことが証明されている。

なお、同条件で五つの直方体が作れる組み合わせも一パターンだけ存在し、三辺の和は、「百八十五」であることが知られている。いかなる数の組み合わせになるのか、興味と余力の尽きぬ方は、ご一考されたい。

第三之怪
彩菊と鮟鱇《あんこう》七道具神《ななつどうぐのかみ》

一

東の空に朝陽《あさひ》が出て、海の面《おもて》が赤く染まる。見渡す限り、雪原のように穏やかな凪《なぎ》である。

足元は鎮まってはいない。船に同乗する海の男たちが、網を引くために踏ん張るたび、ぎしぎしと揺れるのである。

「えーっ、さい」

浜作《はまさく》も周りの男たちに合わせ、掛け声も高らかに網を引く。

朝の海の寒さが耳や鼻を襲っても、男たちの熱気はそれを跳ね返さんばかりである。現に浜作の隣で網を引いている小四郎《こしろう》など、もろ肌を脱いでいても寒い様子など一切見せず、その筋骨の浮き出た真っ赤な胸には汗が光り、全身から湯気が立ち上っているのだった。

「えーっ、さい」

浜作も力を込めて網を引く。ずしりとした手ごたえ。

「こーりゃ、おめえら」

親方の平六《へいろく》が声を張り上げた。

「声がちいせえぞ。そんなんだと、魚どもに引っ張り込まれてしまうぞ」

「えーっ、さい」

煽《あお》られ、掛け声は一段と大きくなる。

「こーりゃ、大漁だで」

親方が嬉《うれ》しそうにつぶやく。

たしかに大漁だ。だが、浜作の気は別のところにあった。

——本当に、ここで漁をしていいのだろうか。

船の前方、十間ほど先に、岩影が見える。その上に、数個の鳥居と祠《ほこら》がある。このあたりの海底《うみぞこ》は岩がごつごつしている。だからこそ魚にとって棲《す》みやすく、網を入れたら大漁になることはわかっている。しかし……。

「こら、浜作、しっかり腰入れろ！」

「へ、へい」

「おめえまさか、まだ鮟鱇《あんこう》の神様の祟《たた》りが怖いだなんて思ってるんじゃあるめえな」

「め、滅相もない」

答えたが、声は震えていた。

「鮟鱇の神様が俺らに何してくれた？　あ？　魚の一匹でも分けてくれたか」

たしかに、ここのところの不漁続きは異常だ。昨年は連日の大漁で鮟鱇鍋もひと冬に三度も食べたくらいだったというのに。

このままだと磯浜《いそはま》は村ごと干上がっちまうぞ。なんとか打開せにゃなるめえ！

平六親方がそう言って、鮟鱇岩の近くに船を出すと言い出したのは昨日の夜のことだった。浜作をはじめ、漁師たちは反対したが、結局押し切られてしまった。

周囲を見ると、久々の大漁に、皆、目を輝かせている。七道具神《ななつどうぐのかみ》の祟りを恐れているのは、もはや浜作だけのようだった。

「もうすぐだ、引け、引け」

平六親方の声が飛ぶ。

「えーっ、さい」

「ん？」

そのとき、浜作の目に不思議なものが飛び込んできた。鮟鱇岩の上に、人影があるのだ。しかも、ずいぶん小さい。

あれは……

「子ども？」

――にげて。

耳元で女児の声が聞こえた。

「えっ？」

岩の上の人影がしゃべっているのだと、浜作は思った。よく見ると、やはり人影は女児である。両手に何か、丸いものを抱えている。あの女児が今……、いや、そんな馬鹿な。十間も離れた岩の上にいる人間の声がこんなにはっきりと聞こえるわけはない。

「えーっ、さい」

平六も、その隣の男も、何事もないかのように網を引き続けている。女児の声は聞こえていないのだ。

ひょっとしたら自分は、疲れているのだろうか。それとも、禁じられた場で漁をしているという罪の意識が幻を見せているのか。

――にげて。あぶないのよ。

「なんだ、ありゃあ！」

再び女児の声が聞こえたすぐあと、誰かが叫んだ。一同は網の中を見ている。

たしかに大漁であった。魚や烏賊《いか》の銀色が跳ねている。その中に、妙なものがあった。

桶《おけ》の箍《たが》のようであった。ただし、かなり大きい。箍には無数のとがったものが生えている。歯だ。どこかで見たことがあるような……。

「魚か？」

「いや、骨だ」

骨。間違いない。太い魚の骨だ。箍のようなものは、口の周りの骨だった。そしてすぐに浜作は思い出した。あの骨は――。

――にげて！

女児の叫びとともに、骨はがくんと動き出した。

「えっ？」

網を食いちぎり、水面の上に這《は》い上がってくる。

「なんだ、なんだ」

騒然とする船上。骨はばしゃばしゃとしぶきを上げながら船に近づいたかと思うと、びょん、と跳び上がり、船べりにかぶりついた。

「なな、なんだこりゃ……」

親方は声を震わせながら、それでも長い棒を持って走ってきた。骨には頭蓋《とうがい》もついていた。その、深い海底から世を恨むような、おぞましき眼球……。

鮟鱇の骨。そう、浜作は昨年、鮟鱇鍋を食べた時、吊《つ》るし切りにされたその骨を見たことがあった。鮟鱇は骨と眼球以外は捨てるところのない魚。身や腸《はらわた》のすべてを奪われ、吊るされたままの骨は、こんな形だった。……しかし、大きい。人ひとり飲み込めるくらいの大きさではないか。

親方は棒を、その頭蓋めがけて思い切り突き立てる。その瞬間、骨はがばりと口を開け、棒に嚙《か》みついた。

「おおっ⁉　おっ、おっ」

ひるんで棒を振り回す親方。がぶり、がぶり。骨は棒を嚙みながら迫る。

「棒を捨ててくだせえ！」

浜作が叫んだときにはすでに遅かった。

がぶり。骨は平六親方の頭を丸のみにし、首に嚙みついたのだった。

「ぎゃあああ！」

「親方！」

骨を摑《つか》みながら暴れる平六親方。しかし骨の力は強かった。

骨と格闘する仲間を、漁師たちはただ茫然《ぼうぜん》と見つめるだけだった。やがて骨はぐいぐいと船べりに親方を引きずり込む。

「や、やめ……」

浜作が聞いた、親方の最後の言葉だった。その筋肉の浮き出た屈強な体は、骨に嚙みつかれたまま、ざぶんと海に転落していった。

「た、大変だ」「なんとか、助けにゃなるめえ」

船の上はとたんに、大騒ぎになった。だが、どうすればいいのか……。

浜作はふと、さっきの岩を見る。そこにはもう、あの女児の姿はなかった。

二

彩菊《あやぎく》は、桶の中から手拭いを取り出して絞った。水気が切れたところでお京《きょう》の額に載せる。

「ふうう……」

布団《ふとん》の中で目をつぶったまま、お京は呻《うめ》いた。眉が額の中央に寄せられていく。熱はだいぶ引いたようだが安心はできない。枕元のぎやまんの金魚鉢の中では、お京の可愛《かわい》がっている赤い金魚がゆらりと揺れていた。

「彩菊」

名を呼ばれ、顔を上げる。いつの間にか襖《ふすま》の傍らに、夫である高那半三郎《たかなはんざぶろう》が立っていた。

「お京の様子はどうだ」

「先ほどまでぐずっておりましたが、今は眠っております」

半三郎は彩菊のそばまで来ると腕を組んでお京の顔を見下ろし、「心配だな」と言った。

お京は、半三郎の兄、寅一郎《とらいちろう》の娘で、当年六つになる。赤い金魚を一匹入れたぎやまんの金魚鉢をいつも持ち歩く彼女は、生まれつき体が弱い。それどころか、頭のほうも他所《よそ》の子に比べて育ちが遅く、しゃべり方がたどたどしいのだ。

しかし彼女には、おかしな才能があった。屋敷に居ながらにして、水戸《みと》の町や、御城、果ては江戸で起こっていることまで見透かしてしまうのである。高那家ではお京の能力を千里眼の一種と見ているのだった。

そんな彼女が突然大声で泣きはじめたのは、今朝、明け六つ（午前六時）になろうかという刻であった。あまりの泣き声に家じゅうの者が起き出し、お京と両親が寝ている部屋へ駆けつけた。どうしたのだと訊《たず》ねると、お京は「おさかな獲《と》りの小父《おじ》ちゃんが、海に連れてかれちゃったあ……！」と叫びながら、嗚咽《おえつ》するのだった。

彩菊はお京と仲が良い。背中をさすりながらゆっくり話させると、お京が悪夢を見ていたことがわかった。

お京は夢の中で、海に浮かぶ岩の上にいたのだという。上から見るとちょうど三角の変な形をした岩の上には、七つの鳥居が立っていた。辺りを見回しても、誰もいない。「みんなどこかしらねえ」と、手に持っていた金魚鉢の中の金魚に訊ねると、「おふね」という言葉が返ってきた。ふと前を見ると、たしかに大きな船が浮かんでいる。船の上には上半身裸の大人の男たちがたくさんいて、えーっ、さい、えーっ、さいと言いながら網を引いている。魚を獲ろうとしているところなのだとわかったお京はそれをずっと見ていた。だが、なんとも言えない気持ち悪い感じがした。このままではいけない。早く逃げてもらわないと。お京がそう思っていると、網を引いている一人の男が、お京に気付いたようだった。その目を見ながらお京は「にげて」と言った。男は不思議そうな顔をしている。「にげて。あぶないのよ」とお京がもう一度言ったそのとき、男たちが引いている網の中から、白いものががばりと跳びはね、船べりを嚙んだ。船の上の男たちが慌てる。一人の男が長い棒を持ってきて、その白いものを突いた。

「にげて！」

お京が叫ぶと同時に、白いものはがぶりがぶりと棒を嚙んで船に上がり、その男の頭を丸のみした。何かの魚の骨だということが、お京にはやっとそのときわかった。嚙みつかれた男は叫びながら船の上を苦しそうに回っていたが、やがて骨の力によって海に落とされてしまった。

ふと気づくと、お京は布団の中にいて、汗びっしょりだった。今見た夢が怖くて、泣き叫んでしまったというのだった。

よほど怖かったのか、お京は朝餉《あさげ》も取らずにずっと泣いており、彩菊は付き添って慰めていた。泣きつかれてお京が寝たのは、つい先ほどのことである。

「お京の見た光景というのは、誠なのだろうかな」

半三郎は腕を組んだまま、彩菊に言った。

「あのくらいの子は、悪夢をよく見るものではないですか」

そう答えながら、彩菊も胸騒ぎがしていた。お京の不思議な力については、彩菊も幾度か目《ま》のあたりにしている。それは本当に、千里眼とでも言わねば説明のつかないことなのだった。

「半三郎さん、彩菊さん」

そのとき、廊下の角から声がした。寅一郎の妻、市子《いちこ》である。お京の母親でもある彼女は、先ほどまで彩菊とともにお京の看病をしていたのだが、早いうちに済ませておかなければならない仕事があるということで、しばしのあいだこの場を彩菊に任せて外していたのだった。

「御城からお使いが」

「御城？」

「はい。二人で今すぐ登城してほしいとの仰せです。仕事は終わりましたゆえ、ここは私が代わります」

彩菊は半三郎と顔を見合わせた。いったい、何の用だろう？

「彩菊姉や……」

布団の中から、か細い声が聞こえた。眠ったと思ったお京が薄目を開けていた。

「お京ちゃん」

「姉やは、磯浜に行くのよね……」

お京は言った。

「御城よ。それより大丈夫なの？」

「いいえ、磯浜よ。困った人を助けるの……」

　会話がかみ合わない。

「お京のお魚《とと》がそう言うもの。観音様を持っていって」

　お京は部屋の隅を指さす。そこには、一体の観音像があった。先日、彩菊とお京が連れ立って行った古道具市で、お京が気に入って買ったものだった。「三尺観音」という不思議な名前の通り、身長はぴったり三尺ある。足の先から腰縄までが一尺、腰縄から合掌している手のつけねまでが一尺、そこから頭のてっぺんまでが一尺、ものさしの代わりにもなるのである。

「ええ、でも……」

　木でできていて軽いとは言っても、三尺もの大きさ。邪魔になるだけではないだろうか。

「きっと、きっとよ。お京のお魚が……」

　お京の目は涙ぐんでいた。ここは安心させねばならない。彩菊はうなずき、三尺観音に歩み寄った。

三

彩菊が水戸城へやってくるのはこれで二度目であった。通されたのは、前回と同じ部屋である。

「久しぶりじゃな」

樺島《かばしま》という役人が言った。

「お久しぶりにございます」

彩菊は半三郎に続いて頭を下げる。樺島は以前、雷獣針供養《らいじゅうはりくよう》の一件の際、試験を出した人物である。体格こそひょろ長いが、ずいぶんと高圧的な顔立ちをしており、彩菊も半三郎もこの男は苦手であった。

樺島の隣には、見たことのない侍が座っている。裃《かみしも》を着たその体は肉付きがよく、色は浅黒く、どこか都会的ではない雰囲気を醸し出していた。

「磯浜番所詰、大野四郎吉《おおのしろきち》である」

傍らの侍が名乗った。磯浜……水戸より東に二里ばかりの距離にあるその海辺の名を聞いたとき、彩菊は戦慄した。お京が口にしていた場所ではないか。

「彩菊どの、そなたの噂《うわさ》は、磯浜まで届いておる」

大野四郎吉の語ったところによると、紅葉《もみじ》村の郡《こおり》奉行、小宮山楓軒《こみやまふうけん》の知己である某《なにがし》という男が水戸藩じゅうに彩菊の化け物退治の話を面白おかしく吹聴《ふいちょう》して回っているのだという。

まったく迷惑な話である。これまで彩菊はたしかに、何度も化け物を退治してきた。半三郎と結ばれたのも、化け物退治が縁だったようなところもある。しかしすべては算法のおかげ。算法が使えない化け物退治だったら、お手上げなのである。そんなことを思っていたら……

「今朝がた、磯浜の沖合に化け物が出たそうじゃ」

樺島が言った。……やはり。思わず夫のほうを見ると、半三郎も眉根を顰《ひそ》めている。

「磯浜の沖合二里に、『鮟鱇岩』という三角形の岩場があってな。そこには七匹の鮟鱇が『鮟鱇七道具神《あんこうななつどうぐのかみ》』として祀《まつ》られておるのだ」

大野がさっそく説明に入る。こうなれば、事情を聞かぬまま帰れはしないだろう。しかし、聞きなれない言葉がある。彩菊は訊ねることにした。

「あんこう、とは」

「左様でございますか。その魚を、なぜ祀る必要があるのですか」

「魚の一種だ」

「ああ、今から百年ほど前に遡る話なのだがな……」

大野が語ったのは以下のような話であった。

ある夜、磯浜の漁師を束ねる親方の枕元に、一人の髪の長い女性が立ち、こんなことを告げた。

――私は磯浜の漁を司《つかさど》る神の使いである。明朝、お主の船の網に、七匹の鮟鱇がかかるであろう。とても大きく美しい鮟鱇であるが、それは漁の神が可愛がっている家臣であるから、決して殺してはならぬ。もし殺せば、この村に大きな災いが起こるであろう――。

変な夢を見たと思いながら、若い者たちと共に船を出した親方であったが、はたしてその日は大漁で、網の中にそれは立派な鮟鱇が七匹かかった。久々の大漁に浮かれた親方は夢のことなど忘れ、港に帰ると若い者たちの家族もみな呼び寄せ、酒盛りを開いた。七匹の鮟鱇は残らず吊るし切りにし、刺身や鍋にして平らげてしまった。

次の日から、異変が起こった。いくら網を投げても、一匹も魚が獲れなくなってしまったのである。それればかりか、あの日酒盛りをした漁師の中に、体の異変を訴える者が現れた。皮膚から得体のしれない粘液が出るというのである。そのうち床に這《は》いつくばったまま立ち上がれず、口をぱくぱくしはじめる者も現れ、海の神の怒り、鮟鱇の祟りだと村は震えあがった。

親方はようやく夢のことを思い出し、このままではいけないと、例の三角岩に七つの祠と七つの鳥居を建てた。

「『七道具神』として鮟鱇を祀ってから、次第に村は平穏を取り戻していった。それ以来、七道具神の祀られている鮟鱇岩のそばでは漁をしてはならぬという、暗黙の規律ができあがったのだ。だが」

と、大野は顔をしかめた。

「今朝、その禁を破った船があった。漁師たちの話によると、ここのところ不漁が続いたので平六という者の先導によってつい近づいてしまった。嘘《うそ》のように、網にはおびただしき量の魚がかかったそうだが……」

——と、大野が語ったこの先の話は、今朝お京が見た悪夢とまったく同じことだったのである。岩の近くで漁をしたことに対し、鮟鱇七道具神が怒って差し向けたのが骨の化け物ではないのかということであった。

ひょっとして、お京が夢の中で立っていたのは、その鮟鱇岩ではないのか。そういえば、お京はちょうど三角形の変な形をした岩などと言っていた。そんなことを考えている彩菊の横で、

「つかぬことをお伺いいたす」

半三郎が大野の顔を見ていた。

「なぜ『七道具神』などという名なのです」

夫は、彩菊とはまったく別のところを気にしていたようだった。

「鮟鱇の七つ道具、という言葉がある」

半三郎は首を捻《ひね》る。もちろん彩菊も初耳の言葉である。

「鮟鱇は骨と眼球の他は捨てるところのない魚なのだ。捌《さば》いた部位は、肝、身、皮、水袋（胃袋）、ぬの（卵巣）、鰓《えら》、鰭《ひれ》に分けられる。これが鮟鱇の七つ道具である。百年前にかかった神の家臣であるという鮟鱇がちょうど七匹だったので、それぞれ肝神、身神、皮神、水袋神、ぬの神、鰓神、鰭神と名付けたということであろう。今でも磯浜では、鮟鱇を食べた時に、それぞれの祠に謝意を込めて供物を供えるのだ」

「神の家臣である鮟鱇を、食べるのですか？」

彩菊は唖然《あぜん》として訊《き》いた。

「鮟鱇岩のそばで獲れたものでなければ、問題はない。磯浜の者は皆、食しておる。なんと言っても肝が美味《うま》い。舌を包み込むように濃厚で、たとえようがない」

恍惚《こうこつ》の表情の大野を、いつしか半三郎がうらやまし気な表情で見ている。

こほり、と樺島がたしなめるように空咳《からぜき》をした。

「今朝がた出た骨の化け物を封じることができたら、お主らも好きなだけ食べてくるがよい」

「それは誠にございまするか」

と身を乗り出さんばかりの半三郎を、「お待ちくださいませ」と彩菊は止めた。

「何度も申しますが、私は別に、化け物退治が得意なわけではございませぬ」

「それは通らぬ」

樺島は首を振った。

「色川家の話も聞いておる」

先日の夜桜人形の一件である。あれも算法が……

「漁師たちは困っておる。なにとぞお願いしたい」

大野が頭を下げた。

——姉やは、磯浜に行くのよね。

頭の中で、お京がささやいている。

——困った人を助けるの。

ふと、半三郎の顔を見た。

「大丈夫だ、なんとかなるであろう」

半三郎は楽天的に、笑みさえ浮かべていた。まったくこの夫ときたら。

四

日はだいぶ傾いていた。もう申《さる》の刻二つをすぎた辺りであろうか。

海鳥が鳴いている。波はあるが、半三郎はこの揺れは嫌いではなかった。今朝がた、恐ろしいことが起こったなどとは到底思えぬ、のどかな海原《うなばら》であった。

しかしわからぬものだ、午《ひる》の前までは水戸の屋敷にいたというのに、今はこうして一人で小舟を漕《こ》ぎだして鮟鱇岩に向かうことになろうとは。

櫂《かい》を操るのも、初めは苦労したが、慣れてしまえば大したことはない。水戸では決して味わうことのできない、開放的な空。潮風。なかなか気持ちがいいではないか。

目指す先である鮟鱇岩は、もう十間（約十八メートル）ほどのうちに近づいてきている。遠目ではわからなかったが、確かに鳥居と祠のようなものがいくつか建てられている。半三郎は船底に目をやった。供物である米と酒がしっかりと積まれていた。


水戸の御城から磯浜までは一刻ばかり歩けば着く距離であった。大野に従い、彩菊とともに小四郎という漁師の家へ行った。するとそこには漁師たちが集まり、酒と米が一通りそろっていた。皆、鮟鱇岩に供物を持っていき、禁漁の場で漁をしたことを謝るつもりでいたのだった。

半三郎と彩菊が水戸からわざわざ鮟鱇の骨の退治に来たことを知るや、一同は姿勢を正し、ただただ恐縮するばかりであった。

――とにかく、この供物を岩まで運び、七道具神の怒りを鎮めぬことには……

小四郎以下、漁師たちは口をそろえてそう言うのだが、誰も立ち上がろうとはしないのだった。

――どうしたのだ。

大野が訊ねると、小四郎が恐る恐る口を開いた。

――またあの骨の化け物が出ると思うと……

要するに、漁師たちは化け物が怖いのであった。煩わしく感じた半三郎は、それなら拙者が彩菊と二人で行こうと申し出た。

――そ、それはなんねえ。

一人の若い漁師が立ち上がった。

――海に女を出してはなんねえ。

なんでも、漁に女を出すと必ず良くないことがあるという言い伝えが、海の男たちのあいだにはあるのだそうだ。今朝は禁を破ったくせに、妙な迷信にはこだわりたがる男たちだ。

――ええい、それでは拙者一人で行ってくるわ！

半三郎は立ち上がって一同を睨《にら》みまわした。

――大丈夫でございますか。

彩菊が心配そうに訊いてくる。

――もとよりそのために来たのではないか。それに、此度《こたび》はどうやら算法の出番はなさそうだしな。

妻の顔を見て笑ってやった。

これまで半三郎は、化け物退治の場に何度も居合わせたことがあるものの、いつも彩菊にいいところをかっさらわれているのである。そのため、いつまで経《た》っても仕官の話がやってこぬ。ここらで一つ、鮟鱇の七つ道具の神とやらの怒りを鎮める功をあげれば、大野の口添えで御城での役に与《あずか》ることができるかもしれぬ。いつまでも彩菊の活躍の陰に隠れていてなどおれぬ。

半三郎は張り切り、小四郎の持つ小舟を一艘《いっそう》借り、米と酒と枡《ます》を積んだのだ。

――半三郎様、せめてこれをお守りに。

漁師たちとともに浜に見送りに出た彩菊は、家からもってきた三尺観音の木像を差し出してきた。

――お京ちゃんが私に持っていけと言ったのです。きっと、何かの役に立つはずです。

たしかにお京には得体のしれない力がある。しかしこんなに大きな観音像、邪魔になるだけだ。

――いらぬ。

半三郎は断り、舟を出したのだった。

岩の近くに舟を寄せる。と、ちょうど船底が挟まるような窪《くぼ》みがあった。そこへ舳《へ》先《さき》を嵌《は》めると、半三郎は岩に飛び移った。舟からの縄を、手近の鳥居に結び付ける。そしてもう一度舟に戻ると、米と酒、それに枡を運び出した。

そこで初めて、周りを見た。

見事なまでに三角形の岩である。広さは十二畳ばかりであろうか。平らで、草鞋《わらじ》でも動きやすい。けして広くないその岩の上には、たしかに祠と小さな鳥居が七組、あちこちに建てられており、それぞれの祠の領域を示す鎖が張られていた。鳥居には「肝神」「ぬの神」など、それぞれの神の名が書かれている。

「さて」

半三郎は独り言を吐き、岩の上に枡を十四、並べた。

まず七つに、米を分けていく。残りの七つに酒を注ぐ。そしてそれぞれの祠の前に、米の枡と酒の枡を一つずつ置き、それがすむと、一つ一つの祠に手を合わせて回った。

やがて七つ目の「鰭神」の鳥居の前にひざまずき、目をつぶって手を合わせ、漁師たちに代わって謝罪の意を心の中で唱える。

これで役目は終わった。鮟鱇たちは平安を取り戻し、明日からまた男たちは漁に精を出せるであろうか。ずいぶんと簡単な仕事であった。

――《こりゃ》

しわがれた老婆のような声が聞こえた。

「えっ?」

目を開けると同時に、ぬらりとした感触が頬を撫《な》でていった。

「ひっ!」

半三郎は思わず、尻もちをついた。

今まで何もなかった、目の前の「鰭神」の鳥居に、ぬめぬめとした茶色い塊が、ぶら下がっていたのである。

《こりゃ》《こりゃ》《こりゃ》

同様の声が周囲からも聞こえてくる。慌てて見まわすと、七つすべての鳥居に、同じ物体がぶら下がっていた。目がある。ぱかりと開いたその部分が口であることに、半三郎はようやく気づいた。

魚である。ぬらぬらとした鱗《うろこ》のない茶色の皮に、黒の斑点をもち、ぼてんとした不格好な魚が、口に鉤状《かぎじょう》のものをつけられ、鳥居にぶら下がっているのである。

「で、出たな、化け物っ！」

半三郎は腰に手をやり、刀を引き抜くと、手近のそれに振り下ろした。……斬れぬ。ぶよりとした皮膚の粘膜に、刃が滑ってしまうのである。

《今の今まで詫びを言うておったかと思えばなんじゃ、物騒なやつじゃ》

「鰭神」の魚が口をぱくぱくさせて言った。

「ひょっとして、鮟鱇七道具神……？」

《なんなんじゃ、突然やってきてからに》

鮟鱇とはこんなに醜い魚だったのか。美味だというから、鰤《ぶり》のような形を想像していたものを……。いや、そんなことより、伝えるべきことを言わねば。

「七道具神たちよ。今朝、このあたりで漁師の船がお主らに襲われた。漁師たちはこの岩の周りで漁をしたことを激しく後悔しておる。許してはもらえまいか」

すると七道具神たちは口をぱくぱくさせ、体をぶらぶらと揺らした。鰭神の体が、再び顔の近くまでやってきたので、半三郎はのけぞった。

《おぬしは勘違いしておる》

「勘違い？」

《あの骨は、われわれとは別、鮟鱇の骨の化け物じゃ》

「だからお主らの……」
《いやいや。我らは、鮟鱇の七つ道具の神。人間に食べられた部分》
《だからこうして祀られておる》
《あやつは骨、無残に捨てられた部分じゃ》
《食べられぬ部分は、感謝されまい》
《捨てられた鮟鱇の骨の恨みが渦巻いておるのじゃ》
《捨てられたまま、感謝されぬのはむなしいものぞ》
「それではお主らとは関係ないと申すか」
《いや、危ないで、この岩の周りに留《とど》めておいたのじゃ》
《それをあの漁師ども、近づいてきおってからに》
《おまけに骨のやつめ、人を一人食ってから勢いづいた》
《鎮めようとしても、人の力では鎮まらぬであろう》
《明日からも、漁師の船を襲うであろう》
《もうこの岩に近かろうが、遠かろうが、関係ないであろう》
「それでは、骨も祀ればよいのか」
半三郎が訊ねると、吊るされた鮟鱇の神たちは再び口をぱくぱくさせながらぶらぶらと揺れた。
《われら七道具神が力を合わせれば、再び封じられぬでもない》
身神が言った。
「では……」
《いや》
と、反発する声があった。
《われは協力をせぬ》
皮神だった。
「なぜだ」
《漁師どものわれらの祀り方に不満があるのだ》
「不満？」
《身神の祠の敷地のみ広すぎる》
半三郎は周りを見た。鎖によって遮られた七つの領域。たしかに、身神の祠の周りだけ広いように思える。
《しかたなかろう》
身神が言うが

《そうじゃ》《そうじゃ》《われも思うておった》《不公平じゃ》
他の五神たちも皮神に同調するようだった。
《ずるいぞ》《鮟鱇は七つ道具》《平等じゃ》
まさかの、神たちの中からの文句。
鮟鱇の神たちは次第に興奮してきているようで、揺れが大きくなっている。
《七つの祠の周りの敷地が平等になるように》
《鎖を張り直せ》
「そんな……！」
《さすれば、骨を封じることに協力しようぞ》
この三角形の岩の上を、七つに平等に分けよというのか。
《さあ》《さあ》《さあ》
べたり。べたり。べたり。
不気味な音がしたかと思うと、鮟鱇の神たちは鳥居にぶら下がった鉤から降りてきていた。そしてべちゃべちゃと音を立てながら、半三郎に這い寄ってくるのだった。
「ま、待て」

《さあ》《さあ》《さあ……》

仰向《あおむ》けに倒れ込んだ半三郎の上に、鮟鱇たちは次々とのぼってくる。ぐちゃぐちゃとした皮膚の感触が、半三郎を襲う。

「ぎゃああ！」

あまりの気持ち悪さに、半三郎は叫んだ。

《さあ》《さあ》《さあ……》

「ま、待て」

三角形を七等分……、侍にそんなことができようか。これは、……これは、算法だ！

五

行灯《あんどん》の明かりが揺れる。建物の中にいても、海の香りというものは漂ってくるのだと、彩菊は知った。しかし、生まれて初めての海が、化け物の思い出とともに頭の中に刻まれることになろうとは……。

ふと、傍らで眠っている夫の顔を見る。舟を漕ぐなどという慣れないことに加え、鮟鱇岩で恐ろしい目にあったこともあり、かなり疲労の色が見える。

——彩菊、あとはそなたに任せた。

夫に信頼されている。化け物の関わることとはいえ、嬉しいことだ。

彩菊は矢立を取った。文机《ふづくえ》の上の紙には鮟鱇岩を模した三角形がある。これを七等分にするなど、かなりの難題である。だが、やらねばなるまい。磯浜の漁師のため。夫のため。


半三郎が浜へ戻ってきたのは、あたりを夕闇が包もうとしている頃であった。勢い勇んで舟を漕ぎ出していったものの、遅いのでひょっとしたら転覆してしまったのではないかと、大野や漁師たちと共に心配しているところだったのである。

半三郎はふらふらした足取りで小四郎の家へ入ってきたかと思うと、ばたりと土間に倒れ込んだ。

「半三郎様!」

彩菊は土間に飛び降り、その体を抱き起こそうとして体に触れた。

ぬめりとした感触があった。海藻がついているのかと思ったが、そうではない。

何か、粘液のようなものが、半三郎の着物のあちこちにまとわりついているのである。

「気をしっかり」

「ああ……」

半三郎は顔を上げ、ゆっくりと身を起こした。

「と、とにかくこちらへ」

小四郎はそういって若い漁師たちに命じ、半三郎の身を支えて囲炉裏のそばへと座らせた。小四郎の妻が手拭いを持ってくる。彩菊はそれを使い、半三郎の手や足をぬるま湯で丁寧に拭いていった。次いで小四郎の妻により茶が運ばれてきた。半三郎はそれを一口飲むと、ようやく人心地《ひとごこち》が付いたようだった。

「何があったのじゃ」

大野が訊ねる。

「ええ。あの岩にはたしかに、七道具神が祀られており……」

――と、半三郎が語ったことは、海の男たちを震え上がらせた。

「それじゃあ、おいらたちは明日からもあの骨に戦《おのの》きながら漁をせねばならんのか」

「岩を離れても、骨は襲ってくるというのか」

「おら、もう、海には出られねえ……」

漁師たちのあいだから恐怖まじりの嘆きが漏れた。

「いや、待て」

半三郎は手を出して、それを止めた。

「鮟鱇七道具神が力を合わせれば、あの骨の化け物は封じることができるようじゃ」

おお、と、安堵《あんど》の息が漏れる。先ほどまで気味悪がっていた鮟鱇の神に感謝する空気が立ち込めた。

「しかし、それには条件があるようじゃ」

「条件?」

「ああ、あの鮟鱇岩の上の、それぞれの祠の敷地を、平等の積（面積）に分けよというのだ」

「なんだと……?」

そして半三郎は彩菊の顔を見て、言ったのだ。

「彩菊、あとはそなたに任せた」

夫のここまでの努力を見て、嫌とは言えぬ。もとよりこの磯浜へは、そのために来たのである。

明日の朝までに何とかしようということになった。

大野の計らいで、夫婦は番所の広間に泊めてもらえることになった。しかし、彩菊に休息の暇はない。夕餉を取ると、用意してもらった紙にいつもの矢立から筆を取り出し、三角形を七等分にする法をいろいろ試行錯誤していった。

半三郎もしばらくは付き合って起きていてくれたのだが、やがてうつらうつらし、彩菊の背後で寝息をたてはじめた。その後も彩菊は考えている。

与えられた三角形を六等分するのはたやすい。一つの稜《りょう》（辺）のちょうど中央の点をとり、向かう頂に向かって線を引く、ということをすべての稜について行えばよいのである【図・其《そ》の一】。

以下、のちの世の表現でその確認方法を

【図・其の一】

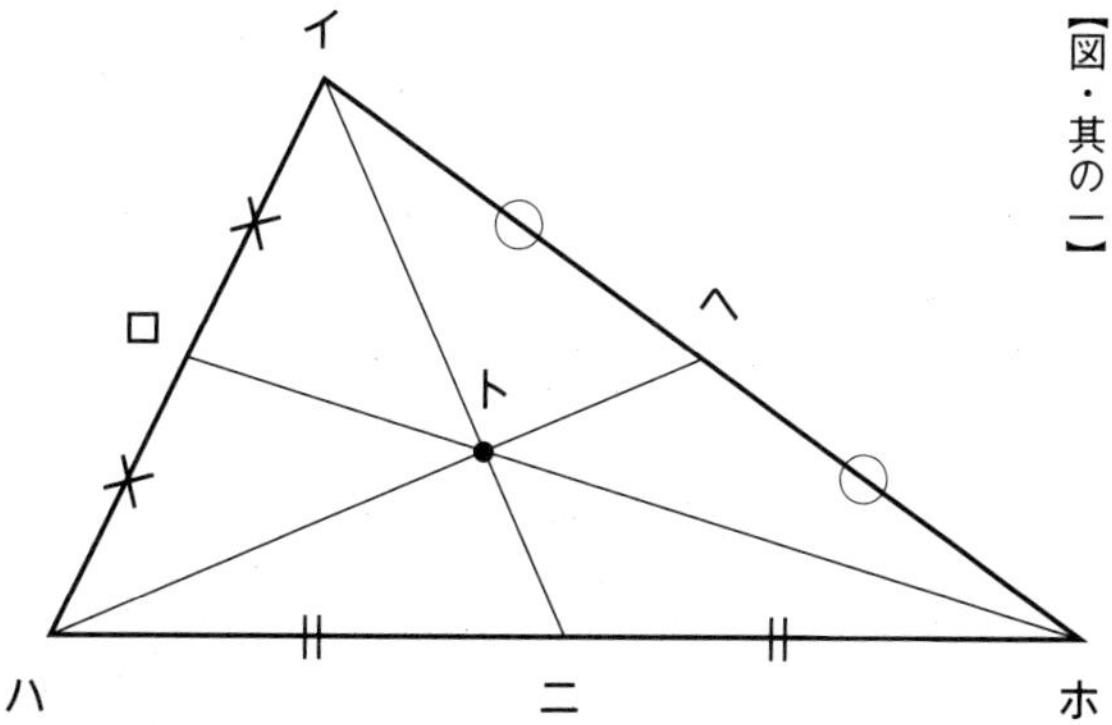

記すが、面倒な読者は読み飛ばして構わない。

三角形の面積は底辺と高さを掛け合わせて二で割ることで算出できる。図中ハ・ホ・トで表される三角形に注目すると、三角形ト・ハ・ニと三角形ト・ニ・ホは底辺が等しく高さを共通とするので、面積は等しくなる。また、三角形の重心はそれを通る中線を2：1に内分するということも広く知られたことである。図中へ・ハ・ホで表される三角形に注目すると、三角形ホ・ト・ハと三角形ホ・へ・トは、底辺が2：1で高さを共通とする三角形なので面積も2：1となる。三角形ト・ハ・ニと三角形ト・ニ・ホは面積が等しいのであるから、総合して考えると、三角形ホ・ト・へもこれと同じ面積である。このようにやっていけば、六つの三角形がすべて同じ面積であることがわかるのである。

彩菊もこの六等分の方法は承知していたが、七等分となると……鮟鱇七道具神、なかなか骨の折れる題をつきつけてきたものだ。

ゆらり。再び行灯の灯が揺れる。彩菊はあくびをした。

＊

「……や、……や」

磯の香りに乗って、耳元で可愛げな声がする。

彩菊は、自分が文机の上に手枕をして寝てしまったことに気付いた。

「姉や、彩菊姉や……」

目を開ける。そこには、金魚鉢を抱えた小さな女児の姿が佇んでいた。

お京であった。彩菊は驚いて身を起こす。

「半三《はんざ》兄やは、眠っているのよね」

もう熱は大丈夫なのだろうか。それよりどうしてここへ……、と言おうとしたが、

どういうわけか口がきけぬ。

お京はにっこりと微笑《ほほえ》んだ。

「彩菊姉や、悩んでいるの」

彩菊はうなずいた。

「観音様の力を借りるのよ」

観音様？　するとお京の背後、部屋の隅の暗がりから何やらがさごそと音がした。

ゆらりゆらりと何かが揺れながらこちらへやってくる。

三尺観音であった。お京が持っていけというので持ってきたが、何の役に立つの

かわからないまま部屋の隅に放っておいたのだ。それが、ひとりでに動いている。怖いとか、不思議だという感覚はなかった。お京の顔があまりにもあどけなかったからである。観音像はお京の横をゆらゆらと通り抜けると、彩菊の座している文机のすぐそばまでやってきてぴたりと止まった。

「観音様の力を借りるのよ」

お京がもう一度言う。ふわりとした、風に包まれた気がした。磯の香りではなく、春先の草の萌《も》えるような香りがした。

――ふと気づくと、彩菊は再び、文机の上に手枕をして寝ているのだった。お京の気配はもうない。もとより、水戸で寝ているはずの彼女が磯浜にいるわけがない。

……夢だ。そう思い、目を開け、はっとした。

文机のすぐそばに、三尺観音が立っていた。

もちろん動いてはおらぬ。だが、胸のあたりで手を合わせる観音の顔は、穏やかながら彩菊に何かを語り掛けようとしているかのようだった。

三尺観音――、足元から腰縄まで一尺。腰縄から合掌する手のつけねまで一尺。手から頭の頂まで一尺。

三等分。

彩菊ははっとして小筆を取った。紙の上の三角形を見る。

三等分。……ひょっとして、これを利用するのだろうか。小筆を、懐紙の上へ走らせていく。夜明けは、刻一刻と近づいている。

六

朝の凪は、寒気と共にあった。鮟鱇岩の周りには、漁船と、昨日半三郎が乗った舟が一艘浮かんでいた。

「それじゃあ、始めるぞ！」

漁船の舳先に立った半三郎が彩菊の図が描かれた紙を掲げて叫ぶと、おおっ——という雄たけびが返ってきた。磯浜の漁師たち。昨日は恐れおののいていたが、半三郎と彩菊が自分たちのために骨身を砕いているのを見て、心変わりをしたようであった。自分たちの漁、自分たちの暮らしは自分たちで守ろうでねえか。浜作という若い漁師がそういったのに賛同し、皆、半三郎に協力してくれることになったのだ。幸いなことに、例の骨の化け物は姿を現す様子を見せない。

「浜作、観音を岩の端につけろ！」

「へいっ！」

半三郎の掛け声に、浜作が小舟の上から答える。その手には、お京が彩菊に持たせた三尺観音がある。手のあたりに長い縄が結わえ付けてあり、足の裏にも縄が膠《にかわ》で貼り付けられていた。

彩菊を妻に娶《めと》ってから半年あまり。相変わらず半三郎には算法がわからぬ。しかし今朝、眠そうな眼をこすりながら、できましたとこの紙を差し出してきた彩菊をいたわってやりたい気になった。

――半三郎様、あとはお任せいたしました。

彩菊はそう言った。

――海の上では、算法も殿方の仕事ですゆえ。

漁師の世界に、女は入ってはいけないのだ。それにこれは、夫婦の共同作業ということになるではないか。

半三郎は岩の上に乗っている小四郎に指示を出す。

「小四郎、足の縄をもう一方の端につけるのだ」

「へい！」

小四郎は言われたとおりにする。続いて別の若い漁師が、手の近くに結わえ付けられた縄を、小四郎の縄と平行になるように引っ張っていく。縄と岩の縁の接触部に、白い旗のついた棒を立てる【図・其の二】。これで、岩の一つの稜を三等分した点の一つに印をつけたことになるのだ。半三郎は漁師たちに指示を出し、残り二つの稜にも同じことをさせた。

「よし、そうしたら次だ、浜作」

「へいっ」

半三郎は彩菊の指示書を見ながら、なおも指揮を執る。

「一つの頂点に縄を固定しろ」

「こうですね」

「ああ。小四郎。その縄を、向かいの縁の白い旗までぴんと張れ」

「へい」


【図・其の二】

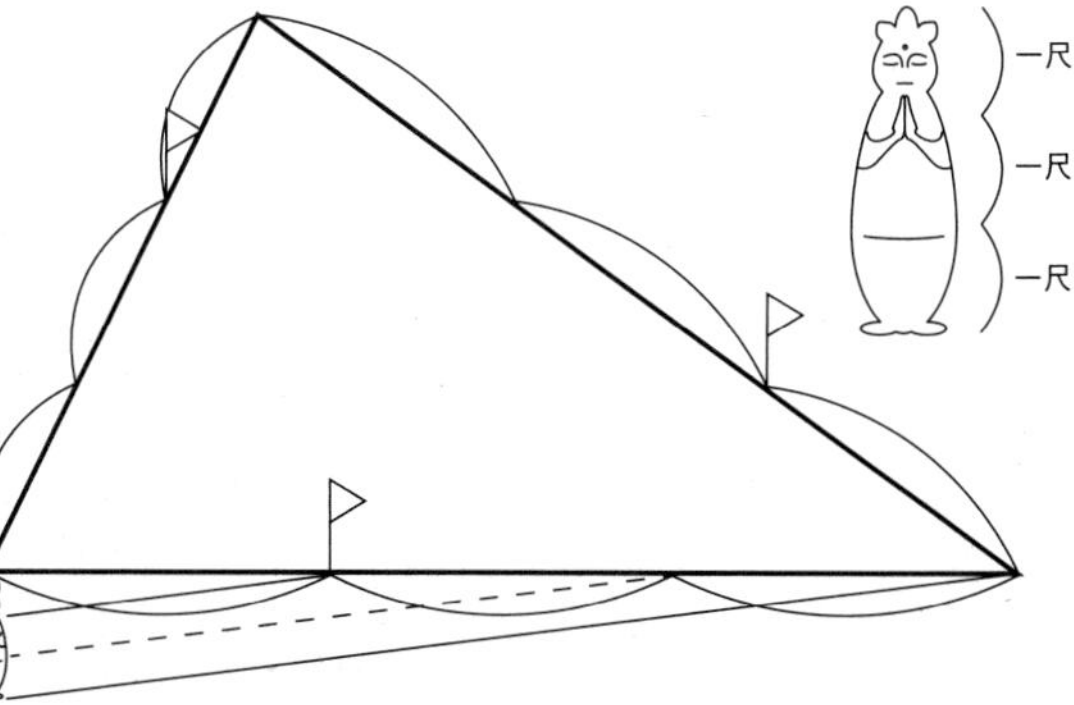

同じように、残り二つの頂点からも、向かう稜の白い旗まで縄が張られた【図・其の三】。

「次は？」

小四郎が訊いてきた。

そのとき、突然、潮風が吹いた。半三郎の手の中で彩菊の紙がばさばさと音を立てる。

「三つの縄の交わる位置に、黒い旗を立てるんだ」

岩の上に乗った三人の漁師は、言われた通り、その三点に旗を立てた。

「高那様……」

漁船を操っている漁師が恐る恐る話しかけてくる。どこか、不穏な空気である。そういえば、気温が一段と低くなったようで

【図・其の三】

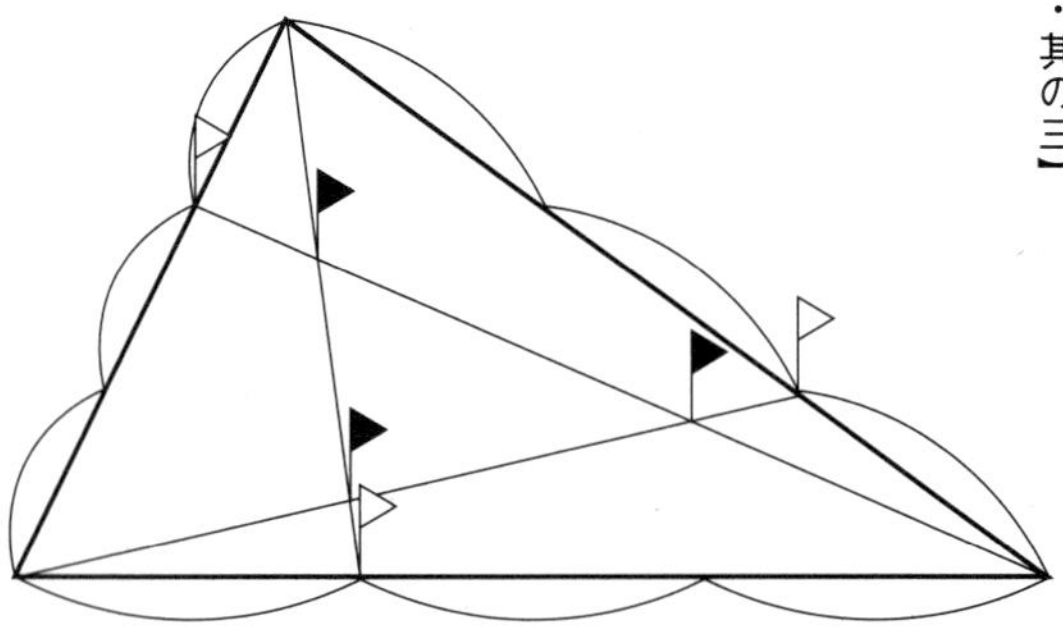

ある。

「あれを」

漁師の指さす先、海の中にゆらゆらと白い影が浮かび上がってきた。かと思うと、ばしゃりと勢いよくしぶきをあげ、それは水面より飛び上がった。

「こやつっ！」

桶の箍のようなものに歯が生えているとは言いえて妙であった。その箍のすぐ後ろにぴたりとくっついた二つの眼球が、半三郎を捕らえる。半三郎はとっさに刀を抜くと、その骨の化け物に斬りかかった。

一寸ばかりの間を空け、化け物には届かぬ。化け物は漁船を飛び越えるようにして、もう一度海に潜った。

「半三郎様、次のご指示を、早く！」

「三つの黒旗を鎖で結び、小さな三角形を作れ！」

小四郎たち三人は鎖を手繰り寄せ、言われたとおりにする。

ざばり。再び骨の化け物は飛び上がり、今度はがっちりと左舷《さげん》に嚙みついてきた。

漁船の上は、大騒ぎである。右舷へ押し寄せる漁師たちの重みで、船はぎしりと傾く。

「落ち着け、お主ら」

「こ、これが落ち着いてなどいられれましょうか。化け物が……」

「半三郎様、早く！」

岩の上で小四郎が叫んでいる。

「それぞれの黒旗から、近い岩の頂点二つに向けて鎖を張るのだ」

「それぞれの……何ですか？」

「小四郎、こうだっ！」

半三郎の説明をいち早く理解したのは、浜作のようだった。早速作業が始まる。

漁師たちは身を寄せ合い、震えている。船べりに噛みついた鮟鱇の口の骨は、そのままどすんと船に上ってきた。

「たた、高那様……っ！」

「化け物め、調子づきおって」

半三郎は勇気を奮い起こし、漁師たちと化け物の間に立った。ぎろりと半三郎を睨む目。……この化け物、しかし、鮟鱇最大の特徴である皮膚のぬめりがない。昨日の気持ち悪さを思い出して半三郎は鳥肌が立ちそうになる。

「ぬめりがないのであれば、鮟鱇など取るに足らぬ。かかってこい！」

刀を構える。骨はすぐさま、がしがしと甲板を嚙むように這い寄り、跳ね上がり、半三郎の眼前に迫ってきた。半三郎は刀を横にして、その歯を食い止める。

がしがし、がしがし……刀を嚙みちぎらんばかりの勢い。

「高那様、頭をかじられぬよう、お気を付けください」

「わかっておる」

半三郎はそう答えながら、化け物に押されてあとずさる。避ける漁師たち。あっという間に、反対側の船べりに追い込まれてしまった。

がしがし、がしがし。

ものすごい力だ。刀を支える両腕が痛くなってきた。このままでは頭をかじられずとも、海に落とされてしまう。

「ええい、こいつ！」

腕に力をこめ、化け物を押し返す。

「高那様！」

誰かが叫んだそのとき、ぼとり。半三郎の頭の上に何かが落ちてきた。

これは……、このぬめりとした感触は……。

ぼとり、ぼとり、ぼとり。

半三郎が思い起こすと同時に、同じものが次々と、半三郎めがけて落ちてくる。

顔も手も、昨日のようにぬらぬらとした感触に包まれていた。

《なんじゃ》

しわがれた声とともに、半三郎の顔に、茶色く醜い顔がびたんとひっついた。

「うわああ！」

半三郎は化け物ごと刀を投げ出し、その場に尻もちをつく。手をついたそこには甲板の木の感触はなく、代わりにぶよりとしたものがあった。

《なんじゃ》《なんじゃ》《失礼じゃ》

七匹の鮟鱇が、ぬめぬめと半三郎を取り囲むようにしていた。

「気味が悪い、やめろ、やめろ」

半三郎は這って逃げ惑う。顔を拭うも、粘液でどろどろだ。

鮟鱇七道具神は、すでに骨の化け物を囲んでいた。化け物は粘液で身動きがとれぬようであった。

「な、七道具神……もっと出てくる方法を考えい」

半三郎は顔を拭いながら、文句を言う。全身に鳥肌が立っていた。

漁師たちはざわめいていた。言い伝えの七道具神が目の前に現れたことに畏怖を抱いているのだろう。

《侍よ》《わからぬ》《わからぬ》

骨の化け物をぶよぶよした体で取り囲みつつ、鮟鱇たちは口々に言う。

「わからぬとは何だ？」

《お主らが張った鎖》

《たしかに七つにわけてはいるが》

《本当に積が等しいのかわからぬ》

半三郎は図を鮟鱇たちに見せ、彩菊に説明されたことを一生懸命思い出しながら説明をした。

四と五の三角は高さを共にするので、それぞれの底辺が同じ長さならば広さは等しいことになる。二と五、五と六の組についても同じことが言え、一と四、二と三、六と七も同じである【図・其の四】。

【図・其の四】

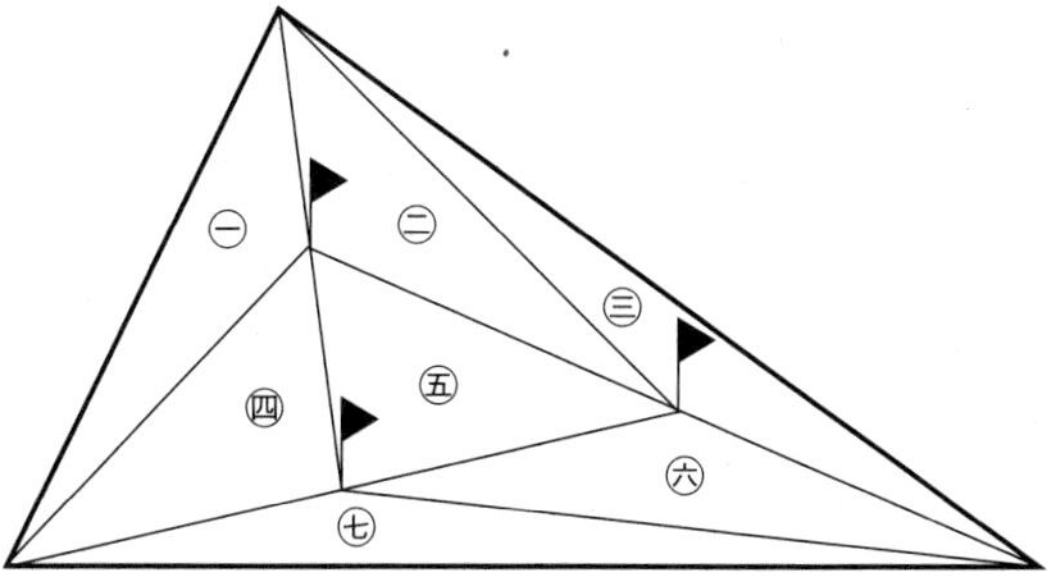

《ぬぬ……なるほど》
半三郎は自分の説明があっているのかどうかわかっていなかったが、鮟鱇たちは納得したようだった。
《それでは今、確かめて参る》
「待たれよ！」
骨の化け物を放っておいて海に入っていこうとする鮟鱇七道具神たちを、半三郎は慌てて引き止めた。
「その前にこの化け物を何とかせよ」
《しかし、確かめぬことには》
そんなことを悠長に待っている暇はない。今まさに化け物は、襲いかかってきているのだ。半三郎は覚悟を決めた。
「もしあとで確かめ、間違いがあったときには、この高那半三郎に祟《たた》るがよい」
甲板の漁師たちが、微《かす》かにざわめいた。
《何だと》
「拙者は逃げも隠れもせん。それにこの法を授けた者を心の底より信頼しておる」
鮟鱇たちは骨の化け物を押さえつけたまま、少しのあいだ相談していたが、やがて、ひときわ大きな身神が宙に浮き上がった。
《半三郎とやら、そなたの願いを聞き入れよう。漁師たちよ》
漁師たちは次々に甲板の上にひざまずく。
《鮟鱇を食べるのはよい。だが量を考えよ。この岩の周りの魚は獲るな》
ははあっ……。漁師たちはその醜い魚にひれ伏す。
《それから今後も七つ道具の供養を忘れぬよう。そして、骨もしっかり供養するのじゃ》
ははあっ……。
ぬめりとした魚を崇める海の男たち。何なのだ、この光景は。半三郎は唖然としていた。見れば、岩の上の三人もひざまずいて頭を下げている。
《それでは》
残り六匹の鮟鱇たちは暴れる骨を取り囲むと、一斉に船べりに上った。そして、どぼんと骨を道連れに、海に落ちていった。
半三郎も漁師たちも、しばし茫然としていた。
気が付くと、先ほどまでの強い風は嘘のようにやんでいた。さわやかな朝凪を謳《おう》歌《か》するように、海鳥がただ鳴いているだけだった。

七

鍋の中の具は残り少ない。もう葱《ねぎ》と、白菜が少し残るばかり、鮟鱇はすっかりなくなってしまった。

「あれだけの量があったというのに、食べるとすぐであるな」

半三郎の兄、寅一郎が言った。

水戸は高那家の大広間である。高那家が集まり、鮟鱇づくしを食したばかりであった。

「お味はいかがでございましたか」

下座から一同の顔を見回すのは、磯浜の漁師、浜作と小四郎である。二人はわざわざ、鮟鱇の吊るし切りをするために水戸まで足を運んでくれたのだった。

「やはり、美味であった」

椀《わん》の中の汁を飲み干し、半三郎は満足気だった。彩菊もうなずく。

磯浜から帰ってきて一日が経っていた。

彩菊は浜で帰りを待っていただけであるが、半三郎と漁師たちは彩菊の描いたとおりに鮟鱇岩の三角形を七等分にしてみせたようだ。七道具神は満足し、骨の化け物を海へ引きずり込んだようだった。

漁師たちは相談し、これからは鮟鱇を食べたあとは、骨もしっかり供養することに決め、そのための「鮟鱇骨塚」を浜に設置することになったようだ。「鮟鱇は捨てるところのない魚、これからは骨まで感謝して食そうぞ」。浜作は皆にそう告げたのだった。

そして彩菊たちが水戸へ帰ってきて一日、浜作と小四郎が高那家へとやってきたのだった。今朝がた獲れたという、立派な鮟鱇を手土産に。

吊るし切りというのは、それはもの珍しい調理法であった。皮を剝がれた鮟鱇の腹の中から、肝や鰓など可食部を取り、それを新鮮なまま切り分けて鍋の中へ入れていくのである。大野の言ったとおり、肝は濃厚で美味であった。味噌《みそ》仕立ての鮟鱇鍋も美味であった。

「かような美味いものを食べることができるようになったのだから」

半三郎の父で高那家の当主、泰次《やすつぐ》が言った。

「お主は本当に、いい嫁をもらったものだな」

「此度《こたび》のことは」

彩菊は泰次の顔を見る。

「半三郎様のご活躍にございます」

「もうよい彩菊」

半三郎が止めた。

「お前の算法の力があってこその化け物退治よ」

「おやめください、半三郎様」

彩菊も言い返す。

「また化け物退治の依頼がやってきては困りますゆえ。……それに此度の功はもうひとり」

と、部屋の隅を見る。鍋も食べ終わってすっかり飽きてしまったお京が、三尺観音の前で金魚と戯れているところだった。

「お京が？」

寅一郎が声を上げると、お京は半三郎の顔を見てにっこり笑った。

「半三兄や、勇ましかったのよ」

半三郎は照れくさそうに漬物を頬張るが、お京は「兄や」となおも続けた。

「鮟鱇の神様たち、喜んでたのよ」

「何だと？」

「さっき、お昼寝のとき、お京の夢に出てきたもの」

「…………」

「ちゃんと確かめたんですって」

何のことだろう？　彩菊だけでなく、一同は顔を見合わせる。

「そうか」

半三郎だけは、お京の言うことがわかるようだった。

彩菊の問いに、お京は少しだけ微笑んだ。

「なんのこと？」

「半三兄やは、彩菊姉やのことを、信頼してるのよ」

一同は一瞬黙ったが、寅一郎が「変な子じゃ」と言ったのがきっかけで笑い始めた。

家族で囲む鮟鱇鍋の夕べ。お京の頭を撫でる半三郎の姿を見て、彩菊は温かい気持ちになるのだった。

〈物好きな読者のための追記〉

時は流れて十九世紀後半、カナダ生まれの英国の数学者エドワード・ラウスは、彩菊が三尺観音にヒントを得て編み出した、三角形を等しい面積に七分割する方法を発表した。現在、この定理は彼の名を取って「ラウスの定理」と呼ばれている。なぜこの作図で七等分できるのかについて、半三郎は鮟鱇七道具神にごまかしつつ説明したが、実際にはそれなりに困難な数学的証明を必要とする。

第四之怪
彩菊とからくり寺

一

襖《ふすま》を開けると、そこには誰もいなかった。右手と正面は質素な土壁、左手は次の間に通ずる襖。水戸《みと》城内にある、彩菊《あやぎく》が夫の半三郎《はんざぶろう》と共に呼び出されるときにいつも、役人の樺島《かばしま》と相見《あいまみ》える広間である。

「誰もおらぬではないか」

彩菊の隣で、夫の高那《たかな》半三郎が言った。いつも、部屋の奥のほうに座している樺島がいない。それどころか、座布団すら敷かれていない。その代わり部屋の中央に、一尺ほどの高さの、童子《わらし》の姿をした人形がある。人形は両手で盆を持ち、その盆の上には湯飲み茶わんが一つ、置いてあった。

「部屋を間違えたのではないか」

振り返って訊《たず》ねる半三郎に、

「しかし、門番のお方は、いつもの間にと」

彩菊は返す。半三郎は腕を組んだ。

「そもそもおかしいではないか。今日はなぜ、案内の者がおらぬのだ」

いつもならば、城内に入ると案内の者がこの部屋まで先導する。しかし今日は門番に言われたきり、玄関を上がり、廊下を歩いてこの部屋に来るまで二人きりであった。

「誰ともすれ違いませんでしたね」

自ら口にしておいて、彩菊はぞっとした。人の気配がない。この水戸城から、まるきり人が消えてしまったようではないか。半三郎も同じような寒気を感じたようだった。

そのとき部屋の中で、かたん、と音がした。

「えっ」

夫と二人、音のほうに目を移して飛び上がらんばかりに驚いた。かたかたと、童子の人形がこちらへ近づいてくるのである。

「ひえっ」

半三郎は小さく悲鳴を上げ一歩後退したが、すぐに気を取り直したと見え、腰の刀に手をやった。彩菊は夫の背後に身を隠す。

「出たな、化け物」

彩菊たちは先日、水戸城下のある武士の家で、夜桜人形という呪われた人形と死闘を交えた。きっとこの人形もその類であろうが、妖力は夜桜人形よりも弱そうに見える。頼るべきは夫の刀である。

「この高那半三郎が相手だ。来い！」

ところが、夫の勇ましい掛け声をまるで無視するかのように、人形は襖の敷居の直前まで来るとぴたりと止まり、首をかくんと上げた。雪のように白く丸い顔は、微笑《ほほえ》んでいる。盆の上の湯飲みには茶が注《つ》がれ、湯気を立てていた。これは、呪いの人形などではないのではないか。彩菊は夫の後ろから出て、湯飲みに手を伸ばす。

「おい、彩菊」

「大丈夫でございましょう」

盆の上から湯飲みを取り上げるとまた、かたん、と音が鳴った。

「ひっ」

退く半三郎。人形はくるりと身を反転させると、部屋の中へかたかたと戻っていった。一仕事終えたとでも言いたげなその後ろ姿。なんとも可愛《かわい》らしい。

「これは、大したものじゃ」

障子が開けられ、樺島が入ってきた。質素な身なりの、四十ほどの男がそれに続く。二人とも笑みを浮かべている。

「本当にわが藩にこれを？」

「ええ。どうぞお納めください」

「殿もお喜びになるであろう。江戸にもこれほど精巧なからくり人形はあるまい」

「樺島どの、これは、一体……」

　一歩部屋の中に足を踏み入れ、半三郎が問うた。

「半三郎、彩菊。驚かせて悪かった。しかし、なかなか面白い出迎えであったろう」

「茶運び人形でございますね。聞いたことがございます」

　彩菊が言うと、樺島は嬉《うれ》しそうにうなずいた。

「この、飯塚伊賀七《いいづかいがしち》という男が作ったものである」

　樺島は、男を紹介した。その背格好やたたずまいから武士ではなく、百姓身分であろうと思われた。だが着ている物はけして粗末ではない。

「谷田部《やたべ》藩は新町《しんまち》村で名主をしております、飯塚伊賀七でございます」

　伊賀七は彩菊の前にずいと出てきた。

「皆からは、からくり伊賀七、と」

　大きな団栗《どんぐり》のような形の顔である。額には年相応の皺《しわ》ができているが、目には少年のような若さが宿っている。からくりを嗜《たしな》むだけあり、好奇心は人一倍なのであろう。

「ええ」

彼を観察しながらそれだけ答えると、伊賀七は今一歩、彩菊へ近づいてきた。そしてその顔を食い入るように見つめると、

「一から百までの数をすべて足すと、いくつになりますか」

突然、言った。

「えっ……」

彩菊は戸惑ったが、すぐに算法の問題だと理解する。右手を頰に添え、しばし天井を見上げて計算し、再び伊賀七の顔に目をやった。

「五千と五十でしょう」

伊賀七はぱちんと自分の皺だらけの額を叩《たた》き、「さすがですや」と嬉しそうに叫んだ。

二

「彩菊、そなたは先ほど、わずかの間で答えを出したな。あれだけの間で、誠にすべての数を足したと申すか」

四人は広間に座している。樺島の目の前には算盤《そろばん》と半紙が並べられ、無数の数が書かれている。今しがた樺島自ら、一から百までの数をすべて足し、答えを出したのである。彩菊のはじき出した通り五千五十であったが、彩菊よりだいぶ時間がかかった。

「和を出すのに、すべての数を足す必要はございませぬ」

彩菊は言った。

「何？」

樺島と半三郎は怪訝《けげん》な顔である。伊賀七はにこにこしているばかりである。

「一、二、三……と、一から百まで増やすように足していった和と、百、九十九、九十八……と百から一まで減らすように足していった和は、同じになりますね」

彩菊の問いに、樺島は不思議そうな顔をして考えていたが、「さようであるな」

とうなずいた。

「では樺島どの、一と百を足すと、いくつになりますでしょうか」

「百一であろう」

　何を当たり前のことをというような顔で樺島は答える。気にすることもなく彩菊は続ける。

「では、二と九十九を足すといかがでしょうか」

「それは……、やはり百一であるな」

「はい。それでは、三と九十八では」

「百一である」

「こら彩菊」

　しびれを切らした半三郎が、口を挟んだ。

「樺島殿に、いつまでそのような、たやすく、意味のない算法をやらせるのだ」

「意味はございます」

　彩菊は夫にそう言っておいてから、樺島の顔を見る。

「一と百、二と九十九、三と九十八、この流れに乗りますれば、そのあとはいかがなりましょう」

「四と九十七、これも足すと百一。五と九十六、これも百一になるな。一方が増え、一方が減るのだから」

「その通りでございます。この組み合わせは、『百と一』まで続きまする」

「それに何の意味があるのだ」

半三郎はいらついているようであった。忍耐力のないのが、この夫の悪いところだ。

「『一と百』の組み合わせから、『百と一』までの組み合わせまで、百一がいくつあることになりますか」

「百じゃ」

声をそろえる、樺島と半三郎。

「その和は」

「百一が百あるのだから、足すより掛けるほうが早かろう。百一と百の積……、一万と百じゃ」

「ご名算でございます。ところでそれは、一から百まで増やすように足していった計と、百から一まで減らすように足していった計の和でありますよね」

「何？」

樺島は腕を組んで考えていたが、「たしかに」とつぶやき、ぽんと手を打った。

「ということは、一から百までの和は、一万と百のちょうど半分ということになるではないか。それはつまり、五千五十じゃ」

「はい」

彩菊は満足げにうなずいた。

今の彩菊の説明を、後の世の表現でいえばこうなる。

まず、『1＋2＋……＋100』という式Aと、『100＋99＋……＋1』という式Bは同じ答えになる。それぞれの式の第一項どうしを足した（1＋100）、第二項どうしを足した（2＋99）……というようにやっていくと、最後の第百項どうしを足した（100＋1）まですべてその答えは『101』になる。『101』が第百項まであるので、すべての合計は101×100＝10100となる。この答えは、Aの式の全体とBの式の全体を足し合わせたものなので、目的の式Aの答えは、10100の半分、すなわち5050となるというわけである。

ちなみにこれは、彩菊とほぼ同時代に生きたドイツの数学者フリードリヒ・ガウスがわずか九歳のころに発見した方法とまったく同じである。

「見事じゃ！」

突然、伊賀七が膝を叩いた。驚いている彩菊と半三郎に向き直ると、伊賀七は手をついた。

「お二人とも、ぜひ谷田部藩へ来て、力をお貸しくだされ」

「ど、どういうことですか」

谷田部藩は水戸藩より南西に行ったところにある小藩である。そこの名主が、いったいどういう力を必要としているのか……。

「私が名主をしておりまする新町村の北方に山がございまして、その中腹に梵岩寺《ぼんがんじ》という寺がございます。厳長《げんちょう》という和尚《おしょう》が一人で住み、村に法要があったときには下山して取り仕切ってくれていたのですが、この厳長、何せ趣味人でしてな。仕事のないときは寺にこもって、趣味に没頭しておったのです」

「趣味？」

彩菊が訊《き》くと、伊賀七はいたずらっぽく肩をすくめた。

「私と同じ、からくりでございます。きっかけは十年ほど前、梵岩寺に盗人が入り、金の仏具が盗まれてしまったことでございました」

二度と被害に遭わぬように寺に盗人を入れない仕掛けを作ろうと考えた厳長は、伊賀七の家を訪ねた。伊賀七は名主ながら、若いころからからくり作りを趣味としており、今やその筋では常陸国《ひたちのくに》のみならず、下総《しもうさ》や江戸にまで知られているのだという。厳長は村に下り、十五も年下の伊賀七にからくり作りの指南を仰いだかと思うと、自らの寺のあちこちに盗人に備えたからくりを仕掛けるまでになってしまった。このため寺には近づきにくくなり、村人のほうから寺へ行くことはまったくなくなってしまったという。

「そんな厳長も、昨年、とある爺《じい》さんの葬式の途中、突然倒れて帰らぬ人となったのですが、じつはこの厳長が、坊主のくせにいまだ成仏しきれておらず、人を呼んでいるというのです」

それについて訴えたのは、伊賀七が方々に手を尽くして紹介してもらった、順兼《じゅんけん》という僧であった。梵岩寺に入り、村の弔事などの世話をしてほしいという伊賀七の願いを、順兼は快く引き受けてくれたのである。

ところが寺に越してきたその日のうち、彼は伊賀七のもとを訪れて壊れんばかりに戸を叩いた。伊賀七が戸を開けると、そこにはなぜか泥だらけの順兼がおり、「あの寺には住めん」とすごい形相で言ったのだ。

「順兼の話によりますれば、本堂はおろか、寺までもたどり着くことができず、沼に落ちてしまったのだというのです」

「どういうことですか」

彩菊は訊ねる。

「詳しいことはわかりませぬが、厳長が生前に寺に仕掛けた盗人を退けるためのからくりにしてやられたのでしょう。沼に落ちた順兼の耳には、木魚の音と共におぞましい声が聞こえてきたのだそうです。《お主のような者ではあとは継げませぬ、別の者を寄越されたい》と」

あとは継げませぬ……、意味のありそうな言葉だ。

「以来、寺には誰も出向いておりませぬ。誰も怖がって寺に足を運ぼうとはしませぬ。村の衆は、厳長にからくりを指南した私に責があると言い出す始末で。なんとか厳長を成仏させて来いというのですが、いくら知り合いの坊主とはいえ、相手は幽霊。私一人ではとても恐ろしゅうていけません。困っておったところ、たまたま村を視察にいらした小宮山楓軒《こみやまふうけん》どのから、お二人の話を聞いたのでございます」

また小宮山殿が……。彩菊は苦々しく思った。あの雷獣針供養《らいじゅうはりくよう》の一件以来、何度小宮山殿の紹介で化け物退治をせねばならぬのか。もともと算法が得意なだけで、化け物などには近寄りたくもないのに。

「厳長とやらは、算法もできるのであろうな」

樺島が伊賀七に訊ねる。

「ええ。からくりには必要な知識ですゆえ」

「算法の得意な坊主の霊。彩菊、まさにそなたにうってつけの相手ではないか」

「相手とはなんですか、相手とは」

彩菊は言い返すが、

「もしこのたびのことで功があれば、半三郎のことを殿に口利きしてもよい」

またこれだ。そんなことを言って、先日の磯浜《いそはま》の一件後も結局鮟鱇鍋《あんこうなべ》を食べただけである。

「心得ました」

半三郎が立ち上がった。

「われら、谷田部へ出向き、必ずやその坊主の幽霊めを成仏させてくれようぞ」

「おお、頼もしゅうございます」

畳に頭を擦り付けんばかりの伊賀七。彩菊は調子のいい夫に、あきれ返るばかりだった。

三

道中一泊し、谷田部藩領新町村の飯塚家に到着したのは、あくる日の昼頃であった。飯塚家は代々の名主の家であり、その家屋は水戸の高那家にも引けを取らぬほど広かった。すぐ隣には大きな蔵が三つも建てられており、飢饉《ききん》のための備蓄米が収められているとのことであった。

「なんだこれは」

半三郎は飯塚家の玄関を入るなり腰を抜かしそうになった。半三郎と同じくらいの背丈の、奇妙な木製の人形が置いてあったからである。両手には大きな壺《つぼ》を抱えている。

「酒運び人形でございます」

がちゃんがちゃんとひとりでに酒屋まで行き、壺に酒を入れてもらうと、ひとりでに飯塚家まで帰ってくるという道具である。一定の量の酒の重みがないと帰りは動かぬため、酒屋は酒の量をごまかせないようにできているのだという。

「これはまた奇天烈《きてれつ》なものを作ったな」

「趣味ですゆえ。どうぞ奥へ。他にもご覧いただきたいものがございます」

奥の間には、所狭しとからくり道具が置いてあった。ひとりでに動く鼠《ねずみ》の人形、追いかけっこをする鶏と猫の人形、いななく馬の頭など、その数は百をゆうに超えるほどである。これを一人で作ったのかと思うと半三郎は驚くばかりか呆《あき》れかえってしまった。

「なかなか面白いものが多いですが、人の役に立つものはありませぬか」

彩菊が訊ねた。

「彩菊様は、厳長のようなことをおっしゃいますね」

伊賀七は苦笑いをしながら答えた。

「私にからくりの指南を仰いでおきながら、厳長はよく説教をしたものです。農具や工具など、人の役に立つことにその才能を使えばよいものを、と。しかし、からくりは私の趣味でございます。男には仕事とは別に、純粋な趣味というものが必要でございましょう、ねえ、半三郎様」

「あ、ああ……」

半三郎は一応うなずいた。彩菊もそれ以上は伊賀七に質問を重ねることはなく、水戸城に預けてきたのとは別のしくみの茶運び人形の頭を撫《な》で始めた。

「さあ、裏の蔵にもまだまだあります。お二人とも、どうぞ」

子どものように無邪気に笑い、縁側から庭へ降りていく伊賀七。いったいこの村へ何しに来たのか……、半三郎は苦笑いをするばかりであった。

四

伊賀七のからくり自慢に付き合ううちに日はとっぷりと暮れ、一同が飯塚家を後にして梵岩寺を目指しはじめたのは、酉《とり》の刻をすぎたころのことであった。

できればこのような山道を夜に歩きたくはないものだ。彩菊はそう思いながら、半三郎の後を歩いていく。伊賀七はすぐ後ろをついてくる。三人とも提灯《ちょうちん》は持っているが、明かりは足元を照らすばかり、周囲の木々の中から妖しき者に狙われているような気さえする。

「おお、着いたようだぞ」

半三郎が提灯を高く掲げる。その明かりの中に、横に広い山門が現れた。太い柱には「梵岩寺」と書かれた木の板がかけられている。近づいてその前に立ち、半三郎は「なんだこれは」と不思議そうな声をあげた。

山門に取り付けられた扉が、まったく山門らしくないのだ。まるで厠《かわや》の戸のように、把手《とって》を握ってこちらに引き開けるような構造になっているのだった。戸は二つあった。左の戸は黒く、右の戸は白かった。

「ここに何か、書いてありますな」

伊賀七が目ざとく、柱に掛けられた注意書きのようなものを見つけた。彩菊は近づき、提灯を近づける。板に、このような文言がかけられていた。

――この山門をくぐろうとする者、黒の戸より入り、黒の橋を渡るべし。その他に、内に入る道は無し

「黒の戸というと、これか？」

半三郎が黒い戸の把手を握り、思い切り引いた。開かなかった。

「なんだ、向こうに閂《かんぬき》でもかかっておるのか」

押しても引いても開かぬ。横に滑らせようとしても動かぬ。

「ええい、開かぬではないか」

半三郎はしびれを切らし、白い戸に手をかけた。こちらはわけなく、手前に向かって開いた。

「ここから入れるではないか」

戸を開けたすぐ向こうは、暗い沼になっている。向こう岸までは五間（約九メートル）ほどあろうか。欄干のついた白い橋が架かっていた。渡った先はすぐ階段になっており、寺の二階部へ上がれるようになっていた。

「明らかにここが入り口であろう」

「しかし、『黒い戸より入り、黒の橋を渡るべし』という書きつけがございます」

彩菊は呼び止めるが、

「そんなもの、守らずともよい。ついてこい」

半三郎は意気揚々と橋に足を載せる。次の瞬間、ぼちゃんという音と共に水柱が上がり、提灯の明かりごと半三郎の姿が消えた。

「半三郎様！」

わっぷ、わっぷという声ともがく水音がしばらく聞こえていたが、やがてずぶ濡《ぬ》れの半三郎が白い戸の枠に手をかけて上がってきた。

「これはどういうことだ？」

泥の雫《しずく》を垂らしながら怒鳴る半三郎の脇で、伊賀七はしゃがみこみ、橋の渡し板を調べていた。

「からくり橋でございましょう」

沼の向こうまで、細くて長い丸木が一本渡されている。欄干付きの橋は岸にぴったり付けられているように見えて、実はその丸木を中心にして載せられているだけである。もし人が、丸木から外れた橋板に乗ろうものなら、橋全体がくるりと回転して、沼に落とされてしまうようになっているのだ。

「これは見事な作りですね」

彩菊が思わず感心すると、伊賀七も「さようですな」と応じた。

「見事なことがあるかっ！」

耳から水を出すために顔を傾けて片足で跳ねつつ、一人怒りがしずまらないのは半三郎である。

「これでは向こうに渡れぬではないか。黒い戸は開かぬのだぞ」

「失礼」

伊賀七が黒い戸に提灯を向ける。少し調べた後、伊賀七は戸の下に両手を入れ、がらりと引き上げた。彩菊は驚いた。手前か向こうか、はたまた横かと開ける方向を探っていたが、その開く方向はいずれでもなく、真上だったのである。扉の開いたその向こうには、先ほどの白い橋とは比べものにならないほど堅牢《けんろう》たる黒い漆塗りの橋が架けられていた。

「人を虚仮《こけ》にしおって。貸せ！」

半三郎は彩菊の手から提灯をひったくると、

「からくり坊主め、拙者が必ず成仏させてやる」

頭から湯気を出しながら黒い橋を渡っていった。

五

沼は、寺をコの字形に囲っているようだった。寺そのものも不思議な見た目であった。一階部は板壁になっており、見たところ入り口はない。ただ、板の一枚一枚に『一』『二』と番号が付けられているのである。番号は『二百』まであった。

見上げると、二階部にぐるりと回廊がある。そこまでは階段を上らなければならないが、階段は、三人が渡ってきた黒い橋ではなく、先ほど半三郎を落とした白い橋に向かって降りていた。

「ここにまた、何か書いてありまするな」

伊賀七が目ざとく見つける。彩菊は半三郎と共にそれを覗《のぞ》き込む。

——数の段を五段まで上るべし

「段など、これしかないではないか」

半三郎が、目の前の立派な階段を指さす。そして、沼に面した一段目に、脇から足を載せる。先ほどのこともあるからだろう。恐る恐るといった足の動きであった。

「お気を付けくださいませ、半三郎様」

彩菊が注意をすると、半三郎は「わかっておる」と言いながら段の上に乗った。何も起こらなかった。そのまま五段目まで上る。上部の入り口にたどり着くにはあと十数段残っている。

「やはり大丈夫である。行くぞ」

「しかし、ここには五段までと書かれております。それ以上は……」

「これより上に行かなくては、寺に入れぬではないか」

半三郎は勢いよく上っていく。木製ながら、丈夫なものだ。これは平気であろうかと彩菊が伊賀七と目を合わせたそのときだった。

がたりと何かが外れる音がした。

「わっ」

半三郎が悲鳴を上げる。段がすべて斜めになっていた。半三郎は彩菊たちの目の前を、なすすべもなく滑っていく。白い橋に叩きつけられる半三郎。体重の均衡をとる時間などあるはずもなく、橋はくるりと回転し、半三郎は再び、沼に落ちた。

「大丈夫でございますか」

「くぅ～……」

半三郎はすぐによじ登ってきて、うずくまり、両肩を抱くようにして震えた。寒いのか、それとも悔しいのか。おそらく両方であろう。

「見事なからくりでございますなあ」

伊賀七はただの斜め板と化した階段を愛《いと》おしげに撫でながらつぶやく。

「見事なことがあるかっ」

「しかし、やはり数の段というのはこれのことではなかったのですね」

半三郎は大きなくしゃみを一つした。彩菊は提灯を携え、壁のほうへ向かっていった。提灯の光を当ててみると、板の一枚一枚に一つ一つに数が書かれていた。

「やはり、この板壁では」

「数の段、ですか……」

彩菊の隣で伊賀七も腕を組んで考えはじめた。

「何だ、これは」

半三郎までも近づいてくる。

「奇怪な」

毒づきながら『廿《にじゅう》』の板に手をつくと、奥に押し込まれた。

「なんだこれは、動くぞ」

半三郎は興奮して、手当たり次第に板を押した。すべての板が、少しずつ押される。指を掛ければ戻ってくる。

「すべてを押すのではなさそうですね。正しき組み合わせを押せば道が開かれるのでは」

伊賀七が言った。

彩菊は考えた。数の段……、ひょっとして。

「半三郎様、『二』と『三』を押してくださいませ」

半三郎は言われるままに二つの板を押した。彩菊は自らも板に近づき、『六』を押した。

「あとは、『廿四《にじゅうし》』と『百廿《ひゃくにじゅう》』でしょう」

「これはどういうことです?」

伊賀七が目を丸くしていた。

「はじめに『一』、次は二かける一で『二』、三かける二かける一で『六』……という数です。五段まで押すのですから、最後は『百廿』となるのです」

のちの世の数学で表現すれば、「1!＝1」「2!＝2×1」……「5!＝5×4×3×2×1」ということである。「階乗」という名で呼ばれる通り、階段をイメージしていることは言うまでもない。

彩菊は『百廿』の板を押す。かちゃりと何かの音がした。

「はっ、ご覧くださいませ」

伊賀七が何かに気付いたようだった。壁の一部が薄く開いていた。半三郎がその端を持ち、引いた。人ひとりが通れるくらいの、入り口が開いた。

「厳長という方は、ずいぶんと、算法がお好きなようですね」

彩菊は伊賀七の顔を見て、そう言った。

「からくりが好きなのです」

伊賀七は答えた。

六

入ってすぐのところは土間になっていた。框《かまち》を上ると小さな板戸があり、それを開けて中に入ると、広い板敷の部屋であった。彩菊は提灯の明かりを頼りに観察を始める。部屋は、正確な正八角形になっていた。本堂かと思いきや、仏像や観音像の類はない。その代わりに、歯車や鎖が木枠の中で絡み合ったおかしな機械が置かれているだけだ。

ふと、壁が冷たい気がした。触りかけて、彩菊はぎょっとした。

「お二人ともお気を付けくださいませ、壁から棘《とげ》が」

壁全体に、鉄でできた五寸釘《ごすんくぎ》ほどもあろうかという長さの棘が無数に敷き詰められているのである。彩菊は不安になった。部屋に閉じ込められ、八つの壁がぎしぎしと内側に迫ってくる光景を想像したからである。そんなことになれば三人は……。

「なんと趣味の悪い……、盗人用だとしてもやりすぎではないか」

半三郎は顔をしかめつつ、壁に沿って歩いている。伊賀七はといえば部屋の中央に進み、機械をじっくりと眺めはじめていた。からくり伊賀七、目の色が変わっているのが、暗闇の中でもわかる。

「このお寺に、他に部屋はないのでしょうか」

「わかりませぬ」

彩菊が訊ねても、伊賀七は機械から目を離さずに答える。むき出しの歯車などに触り、楽しそうである。

「ひょっとしてそれは、次の部屋への扉を開くための機械なのでは？」

「いやこれは、――」

伊賀七が否定のような返事をしかけたそのとき、半三郎が大きなくしゃみを一つした。

「大丈夫でございますか？」

彩菊は振り返り、夫を気遣う。二度までも沼に落ちたのだ、体の芯まで冷えてしまったに違いない。

「何を、これしきのこと」

半三郎は意地になっているのか洟《はな》をずずりとすすり、そこらを走り回った。どしどしと、床板を踏み鳴らしている。

「またそのように無理をなさって」

「無理ではない。仕掛けを探しているのだ。ここまでの仕打ちでだいたいわかったわ。この部屋にもどこかに、扉が開く仕掛けがあるに違いない。ここか、ここか」

濡れた体でそこらを歩き回る半三郎。そんな単純に行くだろうか。彩菊が首を捻《ひね》る脇で、伊賀七は厳長の遺《のこ》した機械をいじりつつ、なるほどここはこうで、いや、ここはうまくない、などぶつぶつ呟いている。

と、突然、彩菊の近くの、八角形の一辺にあたる壁の一部がくるりと回った。

「わっ」

棘が仕込まれているので、触れば怪我《けが》をする。

「どうだ」

半三郎が、対辺にあたる壁の前で胸を張っている。まぎれもなく隠し扉である。

「この床板が、きしんでおる」

床板の上に重さがかかると、その下の仕掛けが連動し、隠し扉が回転するようになっているのだった。

「その奥に進もうぞ」

と半三郎が近づいてくると、扉はまた回転し、何もなかったかのような壁に戻ってしまった。

「むむ」

どうやら、床板の上に誰かが乗っていないと扉は閉じてしまうようであった。

棘があるので扉を押さえておくわけにもいかない。配慮の行き届いたからくりである。

「どうする、誰が残る？」

「私が残りましょう」

意外なほど早く言ったのは、伊賀七であった。

「小宮山どのからも樺島どのからも聞いております。高那家の半三郎とその妻は、二人そろえば百人力。どんな怪異でもたちどころに吹き払ってくれると」

半三郎は嬉しそうにふんと鼻息を出しただけだったが、彩菊は疑問に感じたことがあった。なぜ伊賀七は、残ると言い出したのか。

中央の機械を見る。伊賀七はこの機械が気になり、もっと観察がしたいのではないか。自分も算法のことになると周りが見えなくなることがある。この男にとってはからくりが好奇の対象だ。それならそれでもよい。もとより夫とは運を共にするしかないのだ。

「行くぞ、彩菊」

彩菊と同じようなことを考えていたのであろう、びしょ濡れの夫が言った。

「ええ」

彩菊が返事をすると、伊賀七は半三郎の立っていた床板に足を載せた。ぎし、と音がしたと同時に、くるりと壁の扉が回った。二人は棘に触れぬように気を付けながら扉を通る。

提灯をかざす。下りの石段があった。両脇はひんやりとした石壁であり、階下から怪しげな冷気が昇ってくる気がする。彩菊は半三郎の背後に付いて、その石段を下りていった。

七

石段は途中でひと曲がりしており、たどり着いた先は、妙な部屋であった。

円筒形で、天井は板張りであるが、壁と床は鉄でできている。中央には粗末な白い木製の観音立像があるばかり。その頭上に木魚と木箱があった。頭上といっても、観音像の頭に載っているわけではない。天井板に逆さにへばりついているのである。木箱からは紐《ひも》のついた棒が伸び、その先には木魚を叩くためのばちが結わえ付けられていた。

彩菊は半三郎について部屋に入った。

「天井に木魚とは酔狂な。何だこの部屋は……」

「間違ったのでしょうか」

「しかしこの他に、行き場所はあるまい」

入り口の脇には提灯をかけておく金具があった。二人は部屋の内部を探索した。天井にへばりつく曲線を描く壁を叩いて回るが、しかけがありそうな雰囲気はない。いた木魚と木箱には、半三郎が手を伸ばしてもあと少しのところで届かない。

「この観音が怪しい」

半三郎は観音像に触れていたが、やがて抱き着くようにすると、「よっ」と引き上げた。観音像は台座ごとすぽりと外れた。その下に、小さな穴があいている。

がぽん、と下方で鳴ったかと思うと、どこかでごうごうと音がしはじめた。彩菊は耳を澄ます。

「水の流れる音ですね」

……ぽく。

やけにのどかな音がした。その直後、ごごごごと部屋が地震のように揺れ、二人は思わずしゃがみこんだ。

「あっ！」

半三郎が観音像を投げ捨て、入り口のほうに這《は》っていく。入り口の外、右方から石壁が塞ぎにかかっていた。

いや、違う。動いているのは部屋のほうである。円筒状の部屋全体が右に回っており、入り口が石壁の前にずれているのだ。判断したときには、もう間に合わなかった。部屋は回転をやめ、入り口は塞がれてしまった。二人は、円筒の中に閉じ込められてしまったのである。

呆然《ぼうぜん》とする二人の上から、ぽく、ぽく、ぽく、というのどかな音が降り注ぐ。木魚であった。天井の木魚を、からくり箱に付けられたばちが叩いているのである。

観音像を引き抜いたことにより、どこか裏に溜《た》められていた水が流れるようになっていたのだ。水は水車を動かし、その回転が歯車や紐を通じて、からくり箱に取り付けられたばちを動かすように仕掛けられているのだろう。

「閉じ込められてしまったぞ。どうする」

半三郎は焦っていた。

《三、七、三十一……》

ぽくぽくという木魚の音に混じり、読経のような抑揚で、怪しげな数が聞こえてくる。ぼんやりする彩菊の頭の中を、算法が支配していく。絶体絶命のこの状況から、意識を遠ざけたいのかもしれなかった。

「おい、彩菊」

《百と二十七、八千と百九十一……》

夫の声が遠のいていき、代わりに数を唱える声が大きくなる。これらの数は……すべて、二を何度か掛け重ねたものから一を引いた数になっている。しかも、一とその数自身以外では割ることができぬ「数の粒」（素数のこと）ではないか。二を何度か掛け重ねて一を引いたものの中で……数の粒でもある数は……他にもあるのだろうか。

《十三万と一千七十一、五十二万と四千二百八十七……》

……考えているうち、くらくらしてきた。こういった数は他にも、永遠《とわ》にあるのだろうか……目の前がふっ、と暗くなり……。

——ぽく、ぽく、ぽく、ぽく、ぽく……

「彩菊、目を覚ませ。彩菊」

夫の声でふっと意識が戻る。いつの間にか、床に倒れており、夫に抱き起こされているのだった。

「頭が……、頭が痛《いと》うございます」

「しっかりしろ、おい」

《そのお方は、算法の毒気に冒されておりまする》

木魚の音に混じり、氷のように冷たい声が聞こえてきた。

「お主、厳長か」

朦朧《もうろう》とする意識の中、彩菊も見た。天井の、木魚のそばに、袈裟《けさ》を着た坊主が座っているのである。天井板に正座をしているので、座っているというよりぶらさがっているというほうが正しいのかもしれない。真っ青な顔、目はうつろであった。

《いかにも。そのお方のお体を、お借り申したく思いまする》

体が、鉛の塊になってしまったように重い。頭が、痛い。

「ふざけたことを」

夫の声を聞いたのを最後に、彩菊は気を失った。

八

《そのお方は、お侍様の奥方様にございまするか》
厳長の霊は天井に正座したまま問うた。
「そうだ。もとに戻せ」
《奥方様のほうが、算法に通じておられるようですな》

「何だと？」
《先ほど私が唱えたのは、二を幾度も重ねた数から一を引いた数であり、かつ一とその数自身以外では割れぬという珍しい性質を持ちまする。拙僧は生前よりこの数を探し求めており、二十一億と四千七百四十八万三千六百四十七まで見つけてござりまする》

　のちの世の数学では「(2^n-1) のうち素数であるもの」と表現されるこれらの数は、当時の西洋ではすでに「メルセンヌ素数」と呼ばれ、腕に覚えのある自然科学者たちによって探求されつづけていた。2147483647つまり ($2^{31}-1$) にこの性質があることは、この時代に先立つこと数十年前、スイスの数学者レオンハルト・オイラーによって発見されていたことも、ここで追記しておきたい。

「何をごちゃごちゃとわけのわからぬことを」
《算法の心得のあるものはこの数の魅力に取りつかれ、算法の毒気に冒され、脳髄を揺さぶられ、ついには正気を失ってしまうのでございまする》

　つまり、この性質をいち早く見抜いた彩菊は坊主の読経の毒牙にかかってしまったが、数が雑音にしか聞こえなかった半三郎には効果がなかったのだった。

「こやつめ！」

半三郎は彩菊の体を床に横たえると、すばやく刀を抜き、青い顔の坊主に斬りかかった。しかし、袈裟もすべてすり抜けてしまった。
坊主は冷たく嘲笑した。
《愚かなお人ですな》
「いったいお前は何をしたいのじゃ。なぜ坊主のくせに成仏せぬ」
《拙僧は民のためにやり残したことがありまする。民の生活の規則を、整えなければなりませぬ。しかし、霊になってはからくりは作れませぬ。そこで算法のできる者の体をお借り申し上げたいと、拙僧はそう考えたのでございまする》
「なんだと……？」
《〝数の段〟の謎かけを解いたのはおそらく、そちらの奥方様でございましょう。先ほどの数に理解を示したことがその証《あかし》でありますれば。本来は伊賀七の体を借りようと考えておりましたが、気が変わってございます。算法に関しては奥方様のほうが優れておるようでございますゆえ》
「させぬ！」
半三郎はいきり立った。
《ご安心を。黄泉《よみ》の国への旅路はお二人一緒がよろしいでしょう》

厳長はかっと目を見開いた。すると、観音像がはまっていた穴から泥水が湧き出してきた。

《この部屋が水で満たされれば、お侍様と奥方様は息ができなくなりましょう。拙僧は魂の抜けた奥方様のお体と秀でた頭を使い、民のためのからくりを完成させましょうぞ》

なんという恐ろしい……。すでに床は水浸しになっている。このままでは、夫婦もろとも溺れ死んでしまう。しかし、入ってきた戸は石壁でぴたりと覆われている。相変わらずぽく、ぽくとのどかに響くは、木魚の音のみ。

「なぜだっ」

半三郎はなすすべなく、ただ怒りの拳を鉄壁にぶつけるだけだった。固い感触が手の骨を襲う。ぱらりと何かが落ちてきた。

「ん?」

見上げると、天井板が一枚外れている。その向こうに、虎の顔をあしらった鉄製の円盤があった。虎の顔の周りにはびっしりと、細かい数が書かれている。

《ほう、見つけられましたか》

「何だあれは?」

《この部屋からの唯一の出口でございます。虎の周りにある一から百の数のうち、正しい数に矢印を合わせ、鼻を押すとあの天井が開きまする》
「やはりあるではないか。その数を教えよ」
するとと坊主は、クツクッと笑い出した。
《それはできぬ相談でございます。拙僧の目的が果たせませぬゆえ》
「では、片っ端から試すまで」
半三郎は観音像を引っ張り出した。踏み台にするためである。
《これはこれは荒々しゅうございまするな。言い忘れ申したがお侍様。誤った数で鼻を押しますれば、もう二度と出口は開きませぬ》
「何……？」
嘘《うそ》ではなさそうだ。万事休す。せっかく出口を見つけたというのに。
《どれお侍様。ここで拙僧と知恵比べといきましょうか》
坊主は嘲りながら言った。
「知恵比べ？」
《仏の慈悲でございます。今から拙僧が木魚に合わせ、読経をいたします。経文の代わりに、一から百までの数を、無作為に読み上げます》

「無作為に……」

《はい。ただし、出口の鍵を開ける数だけは読み上げませぬ。読まれなかった一つの数が、当たりということでございます》

「ま、待て。ということは百のうち九十九の数を読み上げるということか。そのようなもの、覚えられるわけがないだろう」

《それはお侍様のおつむの善《よ》し悪《あ》しの問題でございましょう。もとより、愚かな者は生きてはいけぬ世の中でございます》

　およそ仏の使いとは思えぬようなことを口にする坊主である。しかし今は、そんなことは言ってられぬ。半三郎は彩菊の体をおぶった。

《始めさせていただきまする。せいぜい、しっかりお覚えくださいませ》

　嫌味たっぷりに言うと、

《三十八、五十七、四十一、十四……》

　坊主は木魚に合わせて、経のように数を唱えていった。

「ま、ま、待て」

《七十七、六十七、一、九十二……》

　意外と早い。そして、木魚の速度も読経の速度も、次第に早くなるようだった。

水はいつのまにか、腰のあたりまで増していた。
《三十三、八十五、六、廿七……》
半三郎は目をつぶり、坊主の数に耳を傾けた。

九

頭はものすごく熱いのに、体は冷たい。どうやら、腰のあたりまで水に浸されているようである。

彩菊は、半三郎に背負われていることを感じていた。手足は動かず、目を開けることもできぬ。息はなんとかできるが、耳も遠くなっていた。

《十二、四十五、七十九……》

坊主が突き付けてきた正しい数の当て方は、正気なときの彩菊ならばいともたやすいものである。しかしこの状態では……計算さえも煩わしくなってしまっている。おそらく、夫にはできない。彩菊は生死の境ともいえる中、必死で計算していた。なんとしても、ついていかねば。

体が浮いていく感覚に見舞われる。木製の観音像につかまって、半三郎が浮いているのだろう。もう天井も近いだろうか。
《十三、廿二、八十六》
ちーんと鈴《りん》が鳴った。
《以上でございます。お侍様、読み上げられなかった数はおわかりになりましょうか》
「む、むむ」
半三郎は唸《うな》るばかりだった。やはり、紙も筆もなく、水かさが増していくこの部屋の中では、九十九の数を覚え、残り一つを当てるなどということは難しい。
《さあ、さあ、このままでは奥方様もろとも溺れてしまいますぞ。もっとも、違う数で虎の鼻を押してしまえば、出口は閉ざされてしまいますがな》
水の中から聞こえる坊主の高笑い。どうすればいいのだ。彩菊は口から、ふっ、と息を漏らした。夫の顔がピクリと動いた。彩菊の吐息は、夫の耳にかかっているらしい。
……これなら。
彩菊はふーっ、ふーっ、ふーっ、と長い息を夫の耳に吹きかける。そして次に、ふっ、ふっ、ふっ、ふっ……と、短く切った息を吹きかけた。

初めは伝わらないかもしれぬ。だが、何度もやっていれば……

彩菊は信じて、それを繰り返した。初めは長く、次は短く。

……いつのまにやら、水は頬まで達している。口の中に水が入ってきてしまっては、もうこのやり方は使えぬ。半三郎様、気づいて……

木魚の音は聞こえない。坊主の気味の悪い高笑いばかりが聞こえてくる……。

ああ、このまま……

彩菊はまた、深い眠りに落ちていった。

*

「くそっ！」

半三郎は彩菊を背負ったまま、水面から首を出した状態である。水はすでに部屋の九割ほどを満たしており、木魚を叩くばちも水面に触れ、ばちゃばちゃと水音を立てるほどになっていた。

《はっはっは、情けのうござりまする。もうお諦めになり、夫婦仲良く黄泉の国に旅立たれますれば……》

「黙れっ、化け物坊主め！」

水の底にいるにもかかわらず、厳長の声はまるで耳元で話されているかのようである。半三郎は左手で木像にしがみつきつつ、右手を伸ばす。天井の虎の円盤に手が届き、回すこともできるが、正しい数を当てなければ、二度と扉は開かぬ。

「……ん？」

半三郎は、耳に風を感じた。

ふーっ、ふーっ、ふーっ……。

おぶっている彩菊の息遣いがおかしい。

ふっ、ふっ、ふっ、ふっ……。

これもまやかしのせいであろうかと思ったが、どうも法則があるような気がしてきた。算法の得意な彩菊のことである。もし体が動かず目が開かないながらも半三郎と坊主の会話を聞いていたなら、正しい数がわかったのかもしれぬ。それを伝えようとしているのでは。

ふーっ、ふーっ、ふーっ……。

半三郎は、彩菊の息遣いに気を集中させた。

ふっ、ふっ、ふっ、ふっ、ふっ、ふっ。

彩菊は、長い息を三つ、短い息を七つと繰り返していた。

——三十七。

その数が半三郎の頭に浮かんだ。必死で、坊主の読経を思い出す。あの中に、三十七はあったたか。……なかったような気もするし、あったような気もする。

《そろそろ、水が口内に入りましょうぞ》

厳長の愉し気な声に集中をそがれる。彩菊は再び眠ったのか、もう不思議な息をしていない。

三十七。本当にこの数が合っているのかわからぬ。しかし、水はもう顔を覆うほどになっている。失敗したら、妻と共に命を落とすだけのことである。彩菊は、命を賭けて信じるだけの価値のある妻である。

「ええい！」

半三郎は手を伸ばし、虎の円盤を回した。三十七。この数に、命を預ける。

がちゃり。虎の鼻を押すと、大仰な金属音がした。天井の端が開いたのである。

《なんと……！》

厳長の霊が、絶句した。

「見たか、からくり坊主」

口の中の泥臭い水を吐き出しながら、半三郎は出口の天井を押し開ける。

「わが女房は、天下に比類なき、算法の武士なるぞ」

二人の周りに、新鮮な空気がなだれ込んできた。

十

がちゃん、がちゃん。金属音が聞こえてくる。ぎこちない動きで、桶《おけ》を運んでくるのは、伊賀七の手によって作られた、酒運び人形である。半三郎は桶の中に手ぬぐいを入れて絞る。梵岩寺の沼の泥とは似ても似つかぬ、きれいな水である。布団の中の彩菊の額に手ぬぐいを載せる。

「うう……うう……」

「彩菊」

名を呼ぶと、彩菊はうっすらと目を開けた。気が付いたようだ。

「半三郎様、ここは……」

「伊賀七の家だ」

「彩菊様、お気づきですか」

半三郎の隣で、伊賀七も彩菊の顔を覗き込む。

「助かったのですか……」

「ああ。あの部屋の天井を開ける数は、三十七、そうであろう」

半三郎は笑みながら、布団の中の彩菊に語りかける。

「彩菊、お主の耳には、厳長と俺の話が聞こえていたのだな。しかし、厳長の経の数をすべて覚え、読まれなかった数を当てたと申すか」

するとと彩菊は首を振った。

「頭がくらくらしておりましたゆえ、そのようなことはできませぬ。あれは、算法でございます」

半三郎はとっさに、傍らの飯塚伊賀七の顔を見た。伊賀七もこれには考えこんでいる。

「半三郎様、一から百をすべて足した数はいくつだったか、覚えておりますでしょうか」

水戸城でのやりとりを思い出す。

「たしか……五千五十であったたな」

「はい。となれば、坊主の唱える数を、片っ端から足していけばいいのでございます」

　半三郎は首を捻るが、隣でぽんと伊賀七が膝を打つ音が聞こえた。

「なるほど。五千五十と、坊主が唱えたすべての数の和との差を算出すればいいのでございましょう」

「どういうことだ」

　二人の算法好きのあいだで、半三郎は一人、置いていかれているようになった。伊賀七は顔を輝かせ、説明する。

「一から百までのすべての数を足すと、本来は五千と五十になりまする。ここで、坊主の唱えた数すべての和が五千と十三であったならば、その差三十七は、足りなかった数になりませぬか」

「おお、そういうことか」

　足りなかった数、それはすなわち、唱えられなかった数である。このことに彩菊は朦朧とする意識の中で気づいたというのだ。それにしても……、

「彩菊、お前はあの状況下、坊主の唱えた数をすべて頭の中で足していったというのか」

　すると彩菊は再び首を振った。

「さすがに数が大きくなるにつれ、それは負担でありました。だからもう少し横着な法を用いたのですが……」

「横着とな？」

「その法については半三郎様、後々お話しいたしますこととしまして」

彩菊は煮え切らぬことを言ったかと思うと、その視線を伊賀七のほうへ移した。

「ときに伊賀七、……あの八角形の部屋に置いてあった機械ですが、あれは時計ではありませぬか？」

伊賀七は驚いたように目を見開く。

「いかにもさようで。しかしなぜそれを？」

「厳長は、村の人々の生活をよりよくするものを発明したかったと言っておったのでしょう。正確な時を知らせるからくりがあれば、百姓も職人も、仕事の始め時や終え時を知ることができます。表で遊ぶ子どもも、帰り時を知ることができます」

半三郎は厳長が「民の生活の規則を整えなければ」と言っていたのを思い出した。霊となって彩菊の体を乗っ取ろうとしたのは許せぬが、民を想う気持ちは誠のものだったと見える。

「あの時計は、動くのですか？」

「いえ」

彩菊の問いに、伊賀七は残念そうに首を振った。

「未完です。それに私が見たところ、大いなる欠陥が二つと、小さな欠陥がいくつかありました。あれでは完成したとしても、正しく時を刻むのは難しかったでしょう」

「伊賀七、あなたが完成させるのです」

彩菊が言うと、伊賀七は再び、驚いたようだった。

「そのようなこと、できましょうか」

「やらねばならぬのです。それが厳長の未練だったのですから。もとより、谷田部の民のためになることは、谷田部の名主の仕事ではないですか」

彩菊は真剣に伊賀七を見つめる。

伊賀七は少し考えていたが、やがて手をつき、団栗のような形の頭を畳にすりつけた。

「かしこまりました」

そして、再び顔を上げる。その顔には決意があふれている。

「今まで私は、自分の楽しみのためにからくりをやってきました。しかし、私の頼みを聞いて命をおかけになったお二人の姿に、痛み入りました。……あの厳長の時計は役には立ちそうもありませぬが、この飯塚伊賀七、何年かかっても必ずや、自らの手で民のための時計を完成させてみせましょう」

「ありがとうございます。これで、何人も命を落とすことなく、厳長の魂を成仏させることができましょう。では私は……もう少し、眠ろうと思います」

「おい、彩菊」

眠りに入ろうとする我が妻の肩を、半三郎は揺さぶった。

「横着な方法とは何だ」

「ふわ……、それはまた、帰りの……道中で……」

彩菊は目を閉じた。その耳には、どこか遠くの歯車の音が聞こえているのかもしれなかった。


——この二十年ほど後、飯塚家の門扉《もんぴ》の脇に高さ三尺を超える大きな和時計が設置された。正確に時を刻むのはもちろんのこと、決まった時刻になると門扉を開閉するという精巧な仕掛けも施されていたその時計は、朝夕に自動的にばちが太鼓を叩いて周囲の民に時を知らせることもできた。これは同時期に日本各地で作られた和時計の中でも唯一の機能であったという。

ただ自らの趣味のためでなく、民の生活のためになる発明を心掛けた「からくり伊賀七」の名は、郷土の偉人として、谷田部の地に後世まで語り継がれることとなる。

〈物好きな読者のための追記〉

1から100までの数を、一つだけ除いてすべて足した和は、4950～5049のあいだのいずれかになる。この百個の数の下二ケタは重複することがない。したがって聞き手は、律儀にすべての数を足していく必要はなく、下二ケタのみに集中して百の位より上はその都度切り捨てていっていいのである。最終的な答えが00～49のいずれかであった場合は、(切り捨てずに計算した場合は5000～5049であったはずだから、)50からその数を引いた答えが求めるべき数となる。50～99のいずれかだった場合は(4950～4999であったはずだから、)150からその数を引けばいい。

彩菊が自ら「横着」と言った方法について定かなことは語られなかったが、おそらくこれではなかったかと考えられる。

第五之怪

彩菊と夢幻《むげん》コロポックル

一

ふと気が付くと、林の中に立っていた。

常陸《ひたち》や江戸では見ない、白い肌の木がまばらに生えている。向こうに、ゆったりと流れる川が見える。白い風が、全身に氷のような寒さを吹きつけながら通り過ぎる。膝丈ほどの高さ一面に生い茂る植物がざわめくように揺れる。蕗《ふき》である。

――ああ、またここに来てしまった。

木村謙次《きむらけんじ》は諦めの念とともに、髭《ひげ》だらけの顎を撫《な》でた。

この、寒々しき景色はまさしく、蝦夷《えぞ》地《ち》のトカップチである。

辺りに人は見えぬ。以前来たときも、江戸からの仲間やアイヌの民と離れ、迷ってしまったのだ。……自分はきちんと常陸の国へ帰ったはず。だからこれは夢か幻なのだ。そう自分に言い聞かせても、頬を撫ぜる風がすべて現実だと思わせるのである。

とにかく、歩かねば始まらない。蕗の中を、一歩、踏み出す。

《ぽぽーっ》

甲高い声をあげ、目の前の蕗の下から、それが飛び出した。

縮れた髪の毛と髭《ひげ》、皺《しわ》くちゃの顔。複雑な模様で縁取られたアイヌの衣と帽子を身に付け、どう見ても四、五十歳の風貌なのだが、身の丈は一尺と少ししかない。

コロポックルである。アイヌに伝わるこの小人に、謙次はもう何度も悩まされているのだった。

目の前に現れた小人は、ぽっぽっと鼻歌を歌いながら、不思議な踊りを披露する。そうしていたかと思うと再び、蕗の下に潜り込むのだ。

《次に現れるのは何人か》

耳に響くは、蝦夷地の言葉である。長らく蝦夷地を旅した謙次であったが、この言葉は解せぬ。しかし、胸の中に氷のように冷たく、言葉の意味だけが広がっていくのだった。

《当てるまで、我らは退散せぬぞ》

「やめてくれ！」

木村は叫ぶが、コロポックルたちは聞く気もないのだった。

不気味な静けさがしばらく流れる。次はどこから……

《ぽぽーっ》《ぽぽーっ》

コロポックルが出てきた。今度は一人ではない。謙次の周囲に輪を描くようにぐるぐると回りだす。必死になって数えると、八人いた。
コロポックルたちは一斉に、蕗の下にもぐる。
《次に現れるのは何人か》
また例の声が響く。
《はようせぬと、どんどん増えるぞ》
「なぜ、お主らはこのようなことを」
《ほれほれ……》
その後も、コロポックルはその数を増やしながら蕗の下から現れては消え、現れては消える。いつのまにやら、何百というコロポックルがぽっぽっ、ぽっぽっと謙次の周囲に群がるようになった。
《お主、やる気がないのう》
「ぐう……」
謙次は、ぽぽ、ぽぽと笑う無数のコロポックルに飛びつかれ、気を失った。

二

活《い》きのいい平目《ひらめ》を買うことができた。身が厚く、彩菊《あやぎく》の顔よりもだいぶ大きい。見ているだけで口の中につばが浮かんできそうである。彩菊はその平目が四尾も入った桶《おけ》を両手で持ち上げ、勝手口から入る。

「まあまあ、これは立派な」

義母である高那《たかな》たねが平目を見て目を丸くした。

「今そこでお魚屋さんに会ったのです。最後の四尾でございました」

「お刺身にしましょうか」

「煮付けも美味《おい》しそうでございます」

よい食材を目の前にすると、自然と顔がほころぶのは、どこの家の台所でも変わらない。

「半分はお刺身にしましょうねえ」

竈《かまど》の前に座って火の具合を見ていたかつが、振り返りつつ言った。彩菊の義兄、柄次郎《つかじろう》の妻である。

「煮付けは私が承ります」

今度話したのはもう一人の義姉、市子《いちこ》である。高那家は三兄弟の家族が暮らす大所帯。当然、夕餉《ゆうげ》の支度は四人でするのが常であった。ましてや今日は、急な客が泊まることになった。彩菊にとっては義父にあたる高那泰次《やすつぐ》の古くからの友人であるという。先ほどちらりとその姿を見たが、大層食べそうな大男であった。

それで、台所は大わらわなのである。

「あら？」

彩菊は、台所から廊下へと通じる戸のところに、女児が立っているのに気づいた。

「お京《きょう》ちゃん、どうしたの？」

両手に金魚鉢を抱えて彩菊の顔をじっと見つめる彼女はお京。半三郎《はんざぶろう》の長兄、寅《とら》一郎《いちろう》と市子の娘で、六つになる。細い眉を歪《ゆが》め、不安げな顔をしていた。

「彩菊姉や、爺《じい》やの連れてきたお客様、いるでしょう」

お京は小さな声で言った。

「木村様のこと？」

「あの小父《おじ》ちゃん、怖いのよ」

木村謙次と名乗った客人は、身の丈は六尺ほどあろうと思われる。大きいのは背だけではなく、幅もである。腕は丸木のように太く、顔には苔《こけ》のように髭《ひげ》が生えている。彩菊は見たことがないが、熊という獣はこういう感じではなかろうかと思われた。お京のような小さな子にしてみれば、怖いに違いない。

「そんなことを言ってはいけないのよ」

彩菊はできるだけ優しい声でたしなめた。

「よく笑う、朗らかな小父ちゃんじゃないの」

実際、今も広間から木村の豪胆な笑い声が漏れ聞こえてくる。義父やその息子たちと談笑しているのだろう。

「あの小父ちゃんが怖いのではないのよ」

お京はごまかすように言った。しかし、先の言葉と矛盾している。

「小父ちゃんの周りに、髭もじゃの小さな人がぐるぐる回っているの」

「髭もじゃの人？」

木村も髭もじゃだが、小さな、というのが気になる。

「一人は赤いおべべ、もう一人は青いおべべを着ているのよ。お京の見たことのない、へんちくりんな柄なのよ」

お京は少し頭の育ちが遅いところがあるが、その分、人を欺くような子ではない。

むしろ、千里眼に近い不思議な能力を持っているのである。彩菊は今まで何度も、彼女の力を目の当たりにしてきている。

「お京のお魚《とと》も見たっていうもの」

金魚鉢に目を落とすお京。彼女の力が発揮されるとき、お京は必ず「お京のお魚が……」と言うのである。

あの木村という客人、ひょっとして何かに憑《つ》かれているのかもしれぬ。

「お京、彩菊姉やの邪魔をしてはいけませんよ」

市子が、大根を刻む手を止めて注意した。彩菊もはっとする。

「お京ちゃん、また後でね」

彩菊は後ろ髪を引かれる思いで、平目を捌《さば》く作業に戻った。お京は、残念そうに彩菊のほうを見ていた。

三

「ということは木村殿は、この世の北の果ての地に足を踏み入れたということですか」

寅一郎が目を丸くした。

時刻は酉《とり》の刻になろうとしている。夕餉は和やかな雰囲気で進んでいるところであった。

「この世の北の果てとは大げさかもしれぬ。しかし、日の本の国の者で、我らほど北へ行ったものがおらぬのは事実でござろう」

木村はそう言って豪快に笑うと、竹の器に入った酒を呷《あお》った。これだけの巨漢、とても猪口《ちょこ》では足りぬのである。木の皮で作ったという、正方形のようなものがたくさん描かれた不思議な模様の羽織を着ているが、これはアットゥシという名の、アイヌの衣装であるという。

木村は、本職は医者であった。若い頃に学問を修め、また諸国を遊学して研鑽《けんさん》を積んだとのことであった。農政のことをよく学んで農村改良の勧めを一冊の本にまとめ、水戸《みと》藩主、徳川治保《とくがわはるもり》に提出したこともあるという。人生の方向が一変したのは今から十年と少し前、この日の本よりはるか北方にある「おろしや」なる異国が攻めてくるのではないかという噂《うわさ》を聞き及んでからであった。常陸国が海に臨んでいることもあり、かねてから海防に関心を持っていた木村は、おろしやの脅威を聞いてからは国防のために蝦夷地の視察をせねばならぬという使命感を抱いた。

その後、その情熱と体の強さを買われ、木村は二度も蝦夷地探検に行くことになった。一度目は、藩命により。そして二度目は、幕命により、である。

木村がほろ酔いで高那家の面々に語っているのは、二度目の蝦夷地探検の様子についてであった。近藤重蔵《こんどうじゅうぞう》、最上徳内《もがみとくない》という二人の探検の達人についての旅は、それはそれは厳しいものだったようだが、木村の語り口調は時に情熱的であり、酷寒の地を行く辛苦が伝わってきながら時におかしくもあり、彩菊を含めた高那家の面々は、すっかり聞き入っているのだった。

「蝦夷地よりさらに先、海を渡ったところにクナシリという島がある。その島よりもさらに北、エトロフという島が、二度目の旅の到達地であった」

「想像もつきませぬ」

柄次郎がため息をつきそうな顔で言う。

「何か、そこに到達したという証《あかし》など、残されなかったのですか」

「よくぞ聞いてくれた。標柱を立てて参った。近藤殿と最上殿にいわれ、『大日本恵登呂府』という文字を書いたのは、拙者じゃ」

どんと胸を叩《たた》く木村。

「なんと」

「日の本に向かって七拝し、精神を統一してから一気に書き申した。あれを立てたあとの込み上げるような思いは、言いようがなかった」

目を閉じる木村。北の果てを見てきた男の感慨というものがそこにはあるように見えた。

「やれやれ、木村殿の話を聞いていると、水戸などというせせこましいところで生きている己《おの》が一生がむなしくなるわ」

苦笑したのは、泰次である。木村は目を開け、その背中をどんと叩いた。

「何を仰せか、高那殿。お主にはこんなに温かい家族がおるではないか。拙者など、探検にかまけて家族を顧みることはしなかった。高那家の女性は、みな、料理上手だ。泰次殿、羨ましい限りである」

木村は現在、蝦夷地探検の命を終え、水戸より少し離れた故郷の天下野《けがの》という村に住んでいるという。

「いやはや」

泰次は酒を飲みつつ、照れ笑いをした。

「ときに木村殿、わが三男、半三郎の妻の彩菊は、少し珍しい特技がありましてな」

「ほう」

二人だけでなく、一同の視線が、彩菊に向けられた。急に話題の中心に祭り上げられ、背筋が伸びる思いである。

「どんな特技であるか」

「算法です」

「算法?」

「そう顔をしかめなさるな。これが馬鹿にできぬのです。なんと彩菊は、この算法で、何度も化け物を退治しているのです」

「お義父上《ちちうえ》」

彩菊はたしなめるように腰を浮かせた。

「よいではないか。こちらも何か面白い話を木村殿に聞かせねば、不公平というものであろう、のう、半三郎」

「ええ、そうです、そうです」

普段酒を飲まない半三郎も、今日は相伴に与《あずか》ってほろ酔いであった。上機嫌で、

「しからば、拙者が……」と、一同の前に出てきた。

「それは、先日の夜のことでございました」

どこで覚えたのか、芝居のような口上で、色川家の夜桜人形の一件をおかしく語った。

皆、半三郎にこんな特技があったのかと、算法のくだりは気にせずに笑いながら見ていたが、上座にいる木村だけはそうではないようだった。

「ふむ……」

顎髭をさすりながら、何か考え込むようなしぐさをしている。

「いかがなされた、木村殿」

泰次が心配そうにその顔を覗《のぞ》き込む。

「奇怪な話をして、お気を悪くなされたか」

「いや、大変面白うござった。拙者も、算法については関心がある。若い頃、京にいた折、さる和算家に教えを乞うたこともあってな。あのころは和算の道も悪くないと思うほど夢中になったもので」

しかしそう言ったきり、顔をしかめたまま、考え込んでしまった。どうしたのだろうと彩菊も心配になる。先ほどまでの豪胆ぶりがない。むしろ、神経質そうに指を組んでいる。

木村がそれより先、酒を飲むことはなく、ほどなくして宴はお開きとなってしまった。

四

片付けも終わり、彩菊は半三郎の待つ部屋へ向かうべく、蠟燭《ろうそく》の明かりを頼りに、すっかり暗い廊下を歩いていた。

ふと、夕餉のときに客人の木村が見せた顔を思い出す。蝦夷地の話をするときには勇壮さを感じさせたその顔が、算法の話をはじめた途端に陰ってしまったのはなぜか。

若い頃は和算の道を考えたほど、算法が好きだったということを木村は言っていた。しかし、あの顔は……、算法に何か、嫌な思い出でもあるのだろうか。別に、それを問いただすつもりもない。客人は義父の友人である。気持ちよくこの家に泊まっていってもらったほうがいいに決まっている。

しかし、やはり彩菊は気になるのだった。これも、算法を愛するが故であろう。

ふと、廊下の陰に明かりが見えた。誰かが立っている。

彩菊は足を止めた。

「お義父上」

それは、泰次であった。

「どうしたのです。お休みになったのでは」

「彩菊、待っておった。広間へ参れ」

「広間へ」

「ああ。木村殿と飲み直しておったのだがな、どうしてもお主に聞いて欲しい話があるとのことだ」

いったい、何だろうか。とにかく、義父の客人のいうことなので、断ることはできぬ。

「わかりました」

彩菊は義父について、広間へとやってきた。行灯《あんどん》の明かりは先程よりも抑えてある。庭へ通じる障子は開け放たれており、木村は部屋の中央に座していた。そばには銚子《ちょうし》が一本と、猪口が三つ。お膳の上には、水差しと、炙《あぶ》られた小鰺《こあじ》の干物があった。

「悪かった」

「お気になさらないでください」

彩菊は義父とともに、彼の前に座った。木村は空の猪口を一つ、進めてきた。

「お主も、一献」

「いえ、私は……」

断ろうとして、泰次の顔を見る。付き合えと言われているようであった。

「では、少しだけ」

猪口を受け取ると、銚子から酒が注《つ》がれた。二人が猪口を持つのを待ち、合わせて口をつける。酒の香りが鼻から抜けた。

「夕餉の席では、調子に乗っていろいろと話しすぎたようだ」

木村は猪口を置くとそう言った。

「いえいえ、たいへん貴重なお話でございました。蝦夷地のことを伺う機会などありませぬゆえ」

「ふむ……」

木村は顎髭をさすりながら少し考えていたが、

「ところで、コロポックルという言葉を聞いたことがあるか」

と、彩菊に訊ねた。聞いたことのない言葉であった。

「さて、何でしょう」

「蝦夷地に住む、小さき人である」

「小さき人」

「左様。先ほどの話にも幾たびか出てきたが、蝦夷地にはアイヌという民が住んでいる。しかし、彼らとは別のモノだ。背丈はこれほどしかない」

木村が手で示したその背丈は、せいぜい一尺五寸といったところだった。

「しかも、人知を超えた力を持つともいってな。まあ、守り神のようなものであろう」

彩菊は次第に、自分がなぜ呼び立てられたのかわかってきた気がした。……守り神といっているが、また化け物の相談なのではないだろうか。

「実はな、拙者はこのコロポックルに実際にまみえたことがある」

「まことでございますか」

「あれは、トカップチと呼ばれる地でのことだった。我らが一行は食糧がつき、困っておった。寒さと空腹に耐え、やっとたどり着いたのは、オーラポロというアイヌの集落《コタン》であった」

木村は遠い目をし、常陸国ではおよそ聞かない奇妙な地名を口にした。ちなみに「トカップチ」「オーラポロ」はそれぞれ、後に「十勝《とかち》」「浦幌《うらほろ》」と呼ばれるあたりである。

「彼らはたいへんよくしてくれたが、この者たちも分け与えるだけの食糧は持っていなかったから、ともに川に魚を獲《と》りに行こうということになったのだ。しかし、拙者ひとりだけが、途中ではぐれてしまってな……」

トカップチの林は広かった。耳を澄ましても、人の声や川の音などが聞こえない。空腹で朦朧《もうろう》とした頃、木村はいつのまにか、あたり一面に大きな葉の生い茂る場所にいたのだった。それは、蕗のようだった。その向こうに、ゆったりと水を湛《たた》えた大河が見えた。

「しかし、こんな北の果てに蕗畑などあるわけがない。拙者はついに、幻を見るまでに衰えてしまったか、そうか、目の前に流れる大河は、噂に聞く三途《さんず》の川ではないか。北の果てまでやってきたが、ついにこの木村謙次、ここで果ててしまうか……そう思ったとき、近くの葉が揺れ、その陰からひょっこり顔をのぞかせたモノがいたのだ」

「モノ、ですか」

「ああ。人の顔をしていたので、思わず声を出して身を仰《の》け反《ぞ》らせてしまった。それは、真っ赤なアイヌの衣装に身を包んだ、小人だった。顔は皺だらけで、髭など今の拙者より伸び放題。齢《よわい》は四、五十といったところだろうが、背はこれだけしかないのだ」

再び、一尺五寸の高さを示す木村。

「ん……？」

そのとき、黙って話を聞きながら猪口を傾けていた泰次が、ふいに後ろを振り返った。

「どうしたのです？」

「いや……、なんでもない。すまぬ。先を続けてくだされ」

泰次の行動に木村も不思議な顔をしていたが、再び話をはじめた。

「これが噂にきくコロポックルかと思ってまじまじと見つめていると、小人は《迷い人か》と問うてきた」

「言葉がわかったのですか？」

「いや、きゃつらの言葉はわからぬ。しかし、こう、何というか、胸に直接語りかけてくるようだったのだ」

この感覚は、彩菊にもわからぬでもなかった。化け物と対峙《たいじ》するとき、しばしばそういうことがあるのだ。

「拙者はああ、と答えた。すると小人は《腹が減っているか》と訊《き》いた。死にそうだ、と答えたそのあとだ。小人は、突然甲高い声で叫び、一度蕗の下に引っ込んだ。すぐ後で、がさがさと音がしたかと思うと、再び蕗の下から同じような背丈の男たちが三人、現れたのだ」

「三人？」

「そうだ。三人のコロポックルはぽぽっ、ぽぽっ、と奇妙な声を立てながら、拙者の周りを回ったかと思うと、再び蕗の下に引っ込み、今度は六人となって現れた」

「三人の次に、六人……」

彩菊は顎に手を当てる。

「再び踊ったかと思うと、また蕗の下に引っ込み、話しかけてきたのだ。《次に現れるのは何人か》と。不思議な問いに眉をひそめたが、少し考え、答えは出た」

「十人、ですね」

「ああ」

木村は口元に笑いを浮かべ、うなずいた。

「一人から三人までは二、三人から六人までは三、増えている。となれば次は四増えるだろうと、拙者はそう考えた。六に四を加え、十人だ。そう言ってやった」

「正しかったのですか？」

「正しかったのだろう。コロポックルどもはぽぽっ、ぽぽっ、と悔しそうな声を出しつつ、もう一度蕗の下に消えた」

「えっ？」

泰次が、場にそぐわぬ反応をした。あたりをきょろきょろとしているが、行灯の薄明かりの部屋の壁と、暗い庭が見えるばかりである。

「彩菊、何かしゃべったか？」

「いいえ」

「どうしたのだ高那殿。先ほどから変であるぞ」

「いや、今誰かの話し声が……、すまぬ」

彩菊は背筋が寒くなる思いがした。何か、妙な空気である。

「それで、蕗の下に消えたコロポックルはどうなったのです」

気を紛らわすために、わざと話を戻す。木村も怪訝《けげん》な顔のまま、彩菊の顔を見返した。

「続いてきゃつらはこう語りかけてきた。《次に答えられたら、鮭《さけ》をやる。皆のもとへも返してやる》。そうしてまた一人、ひょっこり現れた。引っ込んだあと、次は四人になっていた。また引っ込み、次は九人だ。拙者の周りを歌いながら、踊りまくる。拙者は倒れそうになりながら考えたのだ。するとコロポックルめは一斉に蕗の下に引っ込み、例の声がした。《次に出てくるのは何人か》……、彩菊殿、答えがわかるか」

彩菊にとっては、簡単な問いであった。

「一は一と一、四は二と二、九は三と三、順に、同じ数同士をかけあわせたものでございます。となれば次は、四と四をかけあわせた十六にございましょう」

「うむ」

木村は満足げにうなずき、皿の上の小鯵を口に運んで奥歯でちぎった。

「コロポックルは悔しそうに唸《うな》ると、拙者の前に大きな鮭を放ってよこした。そして《またお主の前に現れてやるぞ》と言ったかと思うと、ものすごい風が吹いて、飛ばされてしまった。気づいたときには、近藤殿の足元に横たわっていたのだ」

「それは、夢だったのでは？」

「夢ではない。皆、はぐれたはずの拙者が風とともに飛ばされてきたと口々に言うた。そればかりか、拙者のたもとにはしっかりと、鮭が挟まっておったのだ。拙者はこのことをすっかり忘れていたのだが、こうして常陸に帰ってきてから……」

ここで木村は言葉を切った。泰次が立て膝をついたからである。

「聞こえたな？」

泰次が蒼白《そうはく》の顔で問うてくる。

「……ええ」

彩菊にも聞こえた。壁の近くをばたばたとせわしなく走る足音である。と、また、今度は木村のすぐ後ろの闇で走る音がした。

この広間に、三人以外に何者かがいる。

「なにやつじゃっ！」

泰次は立ち上がり、畳を踏み鳴らす。銚子が倒れ、酒がこぼれた。

「今でもこうしてたまに、現れるのだ」

木村は言いながら腰を上げた。彩菊も続く。足音はすれど、姿は見えぬ。

「夢ではなかろう。いや、むしろ起きながらにして見させられている夢なのかもしれぬ」

「どこだ！」

泰次の声がおびえているのは間違いなかった。その足元を、たたたたっ、と何かが駆け抜けた。

これは、怪異である。立ち向かわねば。彩菊は覚悟を決めた。

五

「ええい、こしゃくな」

泰次が壁際に走って飛び上がる。鴨居《かもい》に横たえてあった槍《やり》を取ると、ぐいんと振り回す。

《ぽぽっ、ぽぽっ》

甲高い声だった。真っ赤な着物を着た小さな人が、踊っている。着物の袖のあたりには、五角形があしらわれた不思議な文様。見たことがない。これがコロポックル……と彩菊が思っていると、泰次はそれを目掛けて槍を突き出した。

《ぽぽーっ！》

コロポックルはぴょんと飛び上がる。

「落ち着きなされ、高那殿。アイヌの間では、コロポックルを殺《あや》めると天変地異が起こるとも伝えられておりまする」

「ぬう」

木村にたしなめられ、泰次もようやく気を鎮めた。

《ぽぽ、ぽぽぽぽぽぽ》

コロポックルが何かをつぶやく。

と、畳のあちこちからにょきにょきと何かが生えてきた。

蕗であった。部屋の中にはあっという間に、無数の蕗が成長し、もはや畳が見えぬ程になってしまった。コロポックルは蕗の下にひょいと引っ込む。

「えっ、えっ？」

「どこへ行った？」

叫ぶ泰次のすぐ足元から、ぴょこりと顔を出す。泰次は「わあ！」と腰を抜かし、蕗の中に尻餅をついた。

武芸に秀で、威勢はいいが、化け物に弱い。三男であり我が夫でもある半三郎にそっくりだと、その姿を眺めながら彩菊は思った。

《ぽぽぅ！》

部屋の隅の蕗の下から、コロポックルがひょっこり飛び出てくる。

《家の中に蕗が生えた気分はどうじゃ》

木村の言ったとおり、その口から出た言葉はまったく聞いたことのない発音であった。しかし、胸の中にずしりと、氷のように冷たく意味だけが伝わってくる。今まで彩菊が相手取ってきたどの化け物とも違う不気味さだった。

「北国《ほっこく》の化け物め、はよう立ち去れ」

泰次が威勢を取り戻して言うが、コロポックルは無表情のまま、《ぽっ、ぽっ》とまるで鼻であしらうように声を発したかと思うと、さっと蕗の下に身を隠した。

「逃げるな」

蕗をかき分け、泰次はコロポックルが消えたあたりへたどり着くと、足を大きく振り上げてあたりを踏みつけた。コロポックルを潰そうとしているのだが、もうその姿はない。

《ぽーっ！》

部屋のあちこちから、コロポックルが一斉に出てきた。彩菊はぐるりを見回し、その数を把握する。五人であった。

「こやつめ、こやつめ」

再び槍を振り回す泰次だったが、五人のコロポックルたちは器用に避けた。

「高那殿。無駄だというのがわからぬか」

「しかし、木村殿……」

《ぽっ、ぽっ、ぽっ……》
五人はさっと、蕗の下に隠れる。そして彩菊の胸には、あの問いが聞こえてくるのだった。
《次に現れるのは何人か》
彩菊は武者震いをした。これは、算法だ。
《答えられたら、退散してやろう。しかし、一度でも間違えれば、この屋敷には永《えい》劫《ごう》、蕗が生え続けることとなろう。家は傾き、子孫は呪われるであろう》
胸の中の声は実際に体温を奪うように冷たく響く。心を強く持っていなければ、倒れそうである。
《思い知れ、大和《やまと》の民め》
がばっ、と、蕗の中から現れたのは、予想より多くのコロポックルであった。髭もじゃの顔はみなにんまりと微笑《ほほえ》み、《ぽっ、ぽっ、ぽーっ》と笑い声を立てながら踊りはじめる。
「わっ、わっ、やめろ」
泰次はすっかり取り乱していた。ただでさえ動くコロポックルたちを、これでは落ち着いて数えられない。

「木村様、義父上を部屋の隅へ」

「お、おお……」

木村は彩菊の指示に従い、その太い腕で泰次を取り押さえると、部屋の隅へと引きずっていった。これで落ち着いてコロポックルを数えられる。

《ぽぽーっ》

蕗の下へ一斉に隠れるコロポックルたち。寸前で、彩菊は数え終わった。十二人であった。
一、五、十二……。
《次に出てくるのは、何人か》

胸に響く暗く冷たい声。ああ、紙と筆が欲しい。

「彩菊！」

がらりと障子が開く。夫の半三郎であった。その足元には、金魚鉢を抱えたお京の姿もある。

「な、なんだこれは」

「お京のお魚の言ったとおりよ」

部屋一面に蕗の生い茂る奇妙な光景に、半三郎は唖然《あぜん》としていたが、お京は落ち着いたものだった。

「半三《はんざ》兄や、彩菊姉やが欲しがってるのよ」

「お、そうであった。彩菊」

蕗の中に入ってきて、半三郎が手渡したのは、愛用の矢立と紙であった。何らかの危機を察したお京が半三郎の部屋へ行き、揺り起こして助言をし、ここへ引っ張ってきたのは想像に難くなかった。

「ありがとう、お京ちゃん」

彩菊は矢立から筆を取り出し、蕗の上に広げた紙に数を書いた。

《ぽーっ！》

再び、甲高き叫び声。紙を振り払うかのごとく、部屋中からコロポックルが飛び上がる。これまた、想像以上の数であった。

「ぎゃあ！」

半三郎は廊下に尻餅をついた。泰次も再び「おのれ」と騒ぎ出す。お京だけが、その光景を冷静に眺めている。冷静というより無表情といったほうが正しいが、この場で一番頼りになるのは彼女かも知れぬと彩菊は思った。

「お京ちゃん。コロポックルの数を……」

そう言いかけてやめた。お京は特殊な力は持っていても、まだ六つ。それも他の六つの子に比べて育ちが遅く、数を数えられぬのである。彩菊は、半三郎のほうを振り向いた。

「半三郎様。コロポックルを数えてくださいさい」

「か、数？」

「早く！」

半三郎が指差しながら踊るコロポックルの数を数える中、彩菊はコロポックルに踏みしだかれぬように紙を拾い上げ、計算をはじめる。

《ぽーっ！》

ほどなくしてコロポックルたちは蕗の下に潜った。

「彩菊、二十二人だ」

半三郎が言った。

「間違いございませぬか」

「間違いござらぬ」

部屋の隅から木村が口添えする。

「拙者も数えた。二十二であった」

一、五、十二、二十二……、その差が、四、七、十となっている。三ずつ増えている。

《ほれほれ、どうした、早くせぬと、コロポックルは永遠に増え続けるぞ》

「なんだ、なんなのだ、この声は」

半三郎が胸を掻《か》きむしる。彩菊はすばやく計算した。

《次に現れるのは何人か》

「三十五人である！」

矢立を天井に向け、声の限り、彩菊は叫んだ。

《ぽーっ》

蕗の間から黄色い光が漏れる。コロポックルたちが飛び上がり、苦しそうにしながら、あたりかまわず転げまわったかと思うと、すぐに静まった。

《すぐにまた、お前らの前に現れてやる》

怨嗟《えんさ》と憤怒の入り混じった声と同時に、部屋中の蕗はしゅるしゅると掻き消えていった。

あとには、畳の上に皿と、小鯵の干物が散らばっているばかりであった。

六

「申し訳ござらぬ」

　木村謙次は、高那家の面々を前にひれ伏した。騒ぎを聞きつけ、寅一郎夫婦、柄次郎夫婦、それに義母のたねも起きてきたのだ。もう丑《うし》の刻二つめ（深夜二時）をすぎたというのに、広間には夕餉のときと同じく全員が集まっていることになる。

「木村殿、頭をお上げくだされ」

　彩菊が義父、泰次は、先ほどまでの焦りはどこへやら、再び主《あるじ》としての威厳を取り戻していた。

「あれはいったい、何なのですか」

　半三郎が訊《たず》ねる。木村は、先ほど彩菊と泰次に話したとおり、トカップチで出会ったコロポックルなのだと説明した。

「蝦夷地より拙者が連れ帰ってしまったものと思われまする」

「連れ帰ってしまった……」

　寅一郎がそういったきり目をむいた。

「神社でお祓《はら》いなどしてもらわれては」

「すでに行き申した。しかし、コロポックルなどというものは聞いたことがない、蝦夷地の化け物は祓うことができぬと、にべもなく断られてしまったのです」

「むう、それはそうであろうな」

寅一郎も柄次郎も腕を組む。すると、部屋の隅から小さな声がした。

「コロポックルではないのよ」

お京だった。両手で抱えるぎやまん鉢の中では、金魚がゆらーりと揺れている。

「おひげが生えているもの」

「おひげ？」

彩菊は訊き返した。

「お京、あなたは寝なさいね」

母親である市子が彼女のもとに寄り、その頭を優しく撫でるが、お京はいやいやをするようにその手を振り払った。

「拙者も、コロポックルではないと思っていた」

半三郎が口を挟んだ。

「なぜです」

「先ほど、この胸に響いてきた化け物の声よ。《早くせぬと、コロポックルは永遠に増え続けるぞ》と申しておった」

「それが、どうしたのです」

「もしコロポックルが言うのであれば、《我らは》などと言うはずではないか。それが《コロポックルが》などと言うということはつまり、自分はコロポックルではないということ。コロポックルどもを裏で操っている何者かがいるということだ。もしくは、幻影か。いずれにせよ、主体はコロポックルではないのではないか」

説得力があると、彩菊は感じた。ただ尻餅をついていただけかと思えば、なかなか冷静に物事を捉えることのできる夫である。ここのところ、化け物に慣れてきているのかもしれぬ。

「おひげが生えてしっぽも生えてるの」

お京が再び口を開く。

「そのお魚を食べようとしたけれど、口に合わないって」

右手で、床に散らばったままの小鰺の干物を差した。

「どうして口に合わないの？」

彩菊はもう一度訊ねる。

「だって、鯵は海のお魚だもの」

　どういうことだろうと木村の顔を見ると、真っ青になっていた。がたがたとその膝が震えている。

「まさか、まさか……」

「どうされました、木村様」

　膝を何かが撫でる感覚が襲った。蕗の葉である。

　またきた、と思う間もなく、あたり一面はさーっと蕗の葉に覆われていく。

《覚悟せよ、大和の国の者どもめ》

　あとからきた面々が息を呑《の》んだ。皆の胸に、この暗鬱なる声は届いているのだ。

《ぽーっ》

　一人のコロポックルが飛び出る。

「こやつか」

　袖の模様は先ほどの五角形とは違った。もう少し角の多い形である。いちいち、出てくるコロポックルが違うのだろうか。しかし、顔は同じ。やはり幻影かもしれぬ。

《ぽぽぽぽーっ》

彩菊は手元の紙を眺める。今までのコロポックルの増え方から対策を立てねばならない。しかし、個々の法則はわかっても、全体としてどんな法則があるのか、いまいち見当がつかぬ。ひょっとしてそんなものなどないのではないかと、心が折れそうにもなるが、家族一同の手前、そのようなことがあってはならぬ。

コロポックルは、蕗の下に潜り込んだ。

そのとき、彩菊は気づいた。蕗の葉が生えているのは、広間だけではない。廊下にも、わさわさと蕗の葉が生い茂っているのだった。

これは、今までよりも多くのコロポックルが出てくるかも知れぬ。

「みなさま」

コロポックルが出てくる前に、彩菊は声を張り上げた。

「出てくるコロポックルをお数えくださいませ。皆で数えて確かめ合うのです」

突然の化け物の登場に戦《おのの》いていた一同だが、彩菊の言葉に勇気づけられたのか、お互いの顔を見合わせ、うなずいた。

《ぽーっ！》

まるで栗《くり》が焚《た》き火の中から弾《はじ》けるように、そこかしこからコロポックルが飛び出た。

「ひとつ、ふたつ……」

「動くな」

「慌てふためきなさんな、この人は本当にもう」

「みっつ、よっつ……ああ、わからぬ」

踊りまくるコロポックルたちに翻弄される高那家の面々。家の中に蕗を生やされ、踊られて、黙っているわけにはいかぬとでも言いたげに、みな真剣である。

そうこうしているうちに、コロポックルたちは蕗の下に潜った。

「十人だ」

「十人です」

「十人だわ」

「間違いない、十人」

口々にコロポックルの人数を報告してくる。満場一致で、その数は十人であった。

《次に現れるのは何人か》

冷たい声が告げる。

「みなさま、次は今よりももっとずっと多くの人数が現れると存じます」

彩菊は一同の顔を見回し、告げた。

「広間と廊下とに手分けして、数えましょう」

「皆の者」

彩菊の前にずいと出てきたのは、主《あるじ》、高那泰次であった。

「今こそ、高那家の絆《きずな》を見せるときである。化け物などに負けてはならぬ！」

高那家一同は、はい、はい、と返事をした。

《ぽーっ》

蕗の下からコロポックルたちが現れた。広間にも、廊下にも。同時に現れ、今までにもまして楽しげに笑いながら転げまわる。皆、必死でそれを追いながら、数える。

こうしている間にも、彩菊はコロポックルの増える様子の法則を探るべく、紙を睨《にら》みつけていた。

コロポックルは、蕗の下に潜った。

「広間は十九人だ」

と、寅一郎。

「廊下は八人です」

市子が言った。合わせて廿七人《にじゅうしち》、コロポックルは現れたことになる。

一、十、廿七……、この数は何を表しているか。
彩菊が考えねばならぬのはそれだけではない。すべてのコロポックルの増え方に共通する法則を見つけなければ。この問に答えたとしても、コロポックルの背後に潜む何者かは、新たな増やし方で攻めてくるだけである。

何とかして、この法則を見つけねば……

《次に現れるのは、何人か》

あの声が胸の中に響いた。

「彩菊」

半三郎が焦《じ》れたように迫ってきた。

「わかっておりまする」

そう答えながらも、だんだん自信がなくなってきた。木村の顔を見る。熊のように大きな印象のあったこの男も、今はもう、なすすべもなく立ち尽くしているだけである。アイヌの伝統の羽織、アットゥシの袖の正方形の模様――。普段ならば算法の問題に思いを馳《は》せる契機となろうその形が、今の彩菊には恨めしかった。

「えっ？」

彩菊の頭の中に、解決の糸口のようなものが現れた気がした。

たしか木村は、トカップチの林で迷ったとき、一、四、九……の増え方をしたのを見て、即座に「十六」と言い返したというではないか。

もう一度紙を見て考える。

そうか。これが法則なのかもしれない。

《ぽーっ》

コロポックルたちが出てきた。今度はもう、すぐに数えられぬほどの数であった。みな同じ服を着て、その袖には多角形の印がある。

「これは無理じゃ」

頭を抱える寅一郎の肩を、彩菊は摑《つか》んだ。

「寅一郎義兄《にい》さま。碁石がありましたよね。あれはいずこに？」

「碁石だと？　それは、拙者が部屋に」

「案内くださいませ」

「おい、彩菊」

半三郎が咎《とが》めた。

「何をこんなときに、碁石などと」

「皆様は、できるだけ正確にコロポックルの数をお数えください。ですがもし無理ならば、コロポックルが出て潜った回数だけは覚えておいてくださいませ」

「お前はどうするのだ」

「寅一郎義兄さまとともに、碁石で確認してまいりまする。義兄さま、どうぞ、ご案内を」

「お、おお……」

この状況下にあっては、寅一郎も彩菊の言葉に従うしかないようであった。

「皆様、あとはよろしくお願い申し上げまする。彩菊は、家族を信じておりますゆえ」

唖然《あぜん》とする一同にそう言い残すと、彩菊は義兄とともに蕗を踏みしだきながら、廊下を走っていった。

七

半三郎は焦っていた。
《ぽーっ》
《ぽぽぽ》《ぽぽぽ》

あたりかまわずコロポックルが顔を出している。広間だけではなく、廊下もコロポックルの踊りの場となってしまっていた。もはや蕗が見えているところがないくらいである。兄夫婦も、父も母も、もちろん半三郎も必死になって数えているが、数えあげるのはもはや不可能であろう。

《ぽぽぽ》《ぽぽぽ》《ぽーっ》

その数、百はゆうに超えている。

父の旧知であるという木村という男は、いったいどういういきさつで、このような化け物憑きになってしまったのか。蝦夷地とは、誠に得体の知れぬ恐ろしい場所である。

《ぽーっ！》

数多《あまた》のコロポックルは一斉に叫ぶと、がばりと蕗の下に潜った。後には嘘《うそ》のような静寂が残る。

「数えたか」

父、泰次が家族の顔を見回す。

「いえ、今回ばかりは数が多く」

「拙者もでございます。五十までは数えることができたのですが、その倍以上はいたかと」

「ええい、正確に数えなければ意味がない。半三郎はどうだ」

鬼気迫る形相の父。その手には槍が握られている。

「い、いえ……」

半三郎が答えたそのとき、一同の胸にまたあの冷たい問いが響き渡った。

《次に現れるのは何人か。はよう答えねば、次はまたコロポックルが増えるぞ》

「彩菊は、彩菊は何をしておる」

泰次は悔しそうに蓆を踏みつけていた。

《誰でも良い。早くこたえよ》

氷のような声は、楽しそうであった。

「お待たせいたしました」

そのとき、廊下の奥から声が聞こえた。走ってくるのは半三郎が妻、彩菊である。手には長い紙を持っており、ばたばたとなびいていた。長兄の寅一郎も走って彩菊についてくるが、両手に何かを抱えている。

「おお、彩菊、待っておったぞ」

「皆様、コロポックルは今まで、何度顔を出しましたか」

「八度である」

半三郎は彩菊に答えた。

「八度でございますね」

彩菊はさっと、手に持った紙を見やる。そして、きっと天井を睨みつけると、

「蝦夷地の化け物よ、よく聞くがよい」

そう言い放った。いつもの丁寧な口調と違う勇ましき声色《こわいろ》に、半三郎以外の面々は驚いたようだった。

「次に出てくるコロポックルは、二百九十七人である」

《ぽーっ》

とたんに、天井から黒い影がぼろぼろと霰《あられ》のように落ちてきた。コロポックルたちであった。そこらを苦しげにのたうち回る。何百というコロポックルの苦しみによって、屋敷がたがたと揺れ、屋根瓦が落ちてきてしまうのではないかと思われるほどであった。

ほどなくしてコロポックルたちの姿は消えた。

「当たったか?」

「当たりのようでございますね」

高那家の面々は顔を見合わせ、無事を確認し合った。

「彩菊、ようやったぞ」

泰次が槍を頭上に掲げる。しかし彩菊の表情は依然、険しい。

「まだでございます。床の蕗が消えませぬゆえ」

「そういえばそうであるな」

広間と廊下、それに縁側にまで広がった蕗の茂みは、消える様子はないのである。不気味な静けさが広間を支配している。

《ぽーっ》

高那家の面々が見守る中、一体のコロポックルが飛び出てきた。

「またか」

「また、始まるのか」

いったいこの得体の知れない化け物は、いつまでコロポックルを出し続けるのか。

《まだまだ……》

「無駄である！」

声を遮るように、彩菊が叫んだので、半三郎は驚いてしまった。我が妻ながら、まるで大砲のような、有無を言わさぬ勢いであった。こういうとき、妻の背後には、算法がついているのである。

「コロポックルの後ろにある、邪《よこしま》なる者よ。そなたの法則は、この彩菊が見破った」

《くう……？》

「義兄上《あにうえ》、ここへ碁盤を」

命じられるままに、寅一郎は彩菊の足元に碁盤と碁笥《ごけ》を置いた。彩菊は碁笥の蓋を開け、黒石をつかむ。

「そなたは必ず初めに、一人、コロポックルを出す」

黒石が一つ、碁盤の上に置かれる。

一同が見守る中、彩菊は碁石を使いながら、コロポックルが増える法則について解説をしていった。――それは、半三郎が聞いてもよくわかる、明快な解説であった。まさかあのコロポックルの数に、そんな決まりがあったとは。

あの冷たい声も、それに聞き入っているのか、説明の間は何も言わず、コロポックルが蕗の下から出てくることもなかった。

「そなたがこれから先、どのようにコロポックルを出そうとも、二度目にコロポックルが出たときに、次に現れるコロポックルは何人か、看破できる」

彩菊は説明を終えると、大声を張り上げた。

「このような、無駄なこと、もう止《や》めよ」

あたりはシーンとしている。

と、妙な匂いがしてきた。獣のような、魚のような、泥のような匂いである。

「小父《おじ》ちゃん、背中！」

そのとき、突然お京が叫んだ。お京が見ているのは、部屋の隅の木村謙次であった。その背中に何か黒いものがへばりついている。毛の生えた、あれは……

木村は飛《と》び退《の》くように地を蹴った。岩のような巨体が壁にめり込む。黒いものは《ぎゅう！》と、声とも音ともつかぬものを一つ出し、潰れてしまった。

気づくと、床にも廊下にも、藷は生えていなかった。

木村がぶつかった土壁にはひびが入り、その下の床には……、犬よりは少し大きい、見慣れぬ獣が一匹、ひっくり返っていた。

八

朝餉《あさげ》の時間はいつもより遅かった。誰もがかなりの寝坊をしたからである。

すでに高くなりつつある日が、広間に差してくる。土壁のひびはそのままになっている。

「よいですか」

お膳を並べて食事をする一同に囲まれ、彩菊は一人、碁盤を前に碁石を手にしていた。昨晩化け物に聞かせた解説をもう一度ゆっくりしているのである。

「まずは、木村殿が蝦夷地で初めに出された問いにございます」

ぱちりと碁盤の隅のほうに碁石を打つ。

「一回目は一人のコロポックルでしたね」

「ああ」

木村は食事をすることなく、正座をしたまま彩菊の話を聞いていた。

「次に三人のコロポックルが」

彩菊は碁盤の脇に置いた碁笥の中から二つ碁石を取り出すと、さっきの碁石の脇にぱちりぱちりと置いた。三角形ができあがった。

「その次は何人でございましたか」

「六人だ」

今度は三つ置く。

「ご覧ください。三角形が大きくなってございます」

「ほう。次は四つ置けば大きくなるな」

泰次が言う。彩菊はその通りに碁石を置いた【図・其《そ》の二】。

「このように、コロポックルは一回り三角形を大きくする数で増えていたのでございます」

「なるほど」

木村は答えてから、

「となると、一、四、九……というあの増え方は」

彩菊の顔を見た。彩菊はうなずくと、一度碁石を碁笥に戻した。

「四角形でございます」

初めに碁石を一つ置き、続いてそれを囲

【図・其の二】

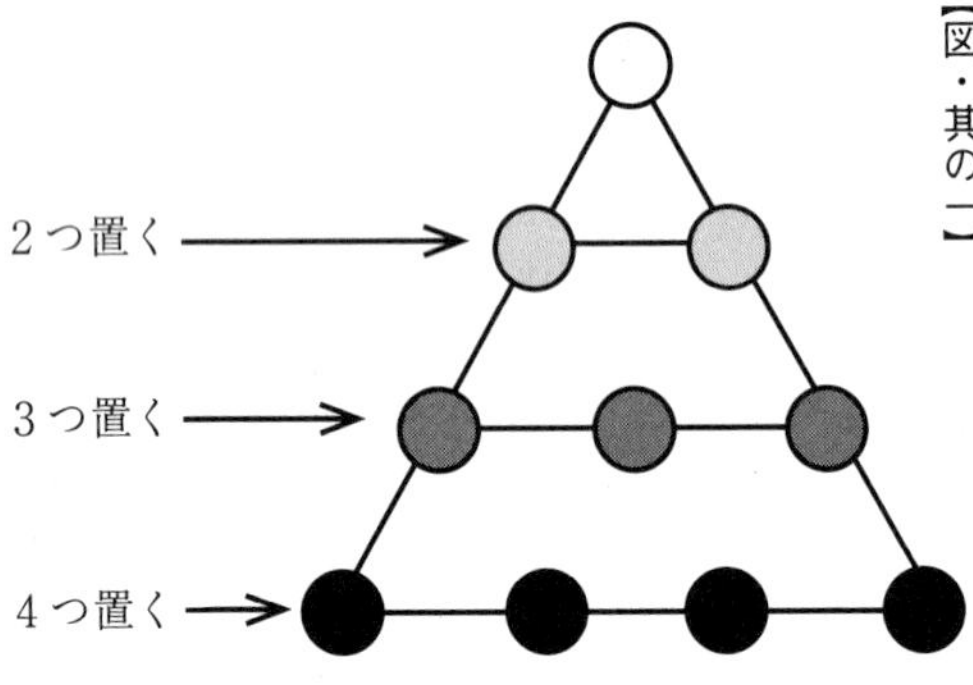

むように三つ、さらにそれを囲むように五つ……と、四角形を一回り大きくするように碁石を配置していく。

「一と一をかけて一、二と二をかけて四、……たしかに、この配置だとそうなるな」

「ええ。ここまでわかれば簡単でございます。昨晩、初めのコロポックルの増え方は、一のあと、五でございましたね」

碁盤の上に形作られるべきは五角形であった。五つの碁石で作られた五角形より、一回り大きなものを作ろうとすれば、さらに七つ必要であった【次頁の図・其の二】。

「あわせて十二。たしかに、一、五、十二になる」

膝を打つ木村。

「この決まりに気づいた私めは、義兄様とともに、十角形を作り、その周囲に碁石を並べた数をあらかじめ書いて持っていったのでございます」

半三郎から八回目だと聞いたとき、彩菊は即座に、八回目に十角形を形作る碁石の数を叫んだのだった。

「しかし彩菊殿」

木村が質問をしてくる。

「もし次にコロポックルが、一、七……などの増え方をしたらどうするつもりであった？　碁石を並べて数えていったら、間に合わないであろう」

「私は、二回目に出てくるコロポックルの数から、まず三回目に出てくるコロポックルの数を導き出す方法を思いついたのです」

　彩菊は懐から紙を出し、木村に見せる。二回目に出てきたコロポックルの数から一を引いた数に三をかける。それが三回目に出てくるコロポックルの数である。

「ふむ。……たとえば、七人だった場合は、六に三をかけて十八人だな」

「ええ。碁石を並べると、たしかにそうなります」


【図・其の二】

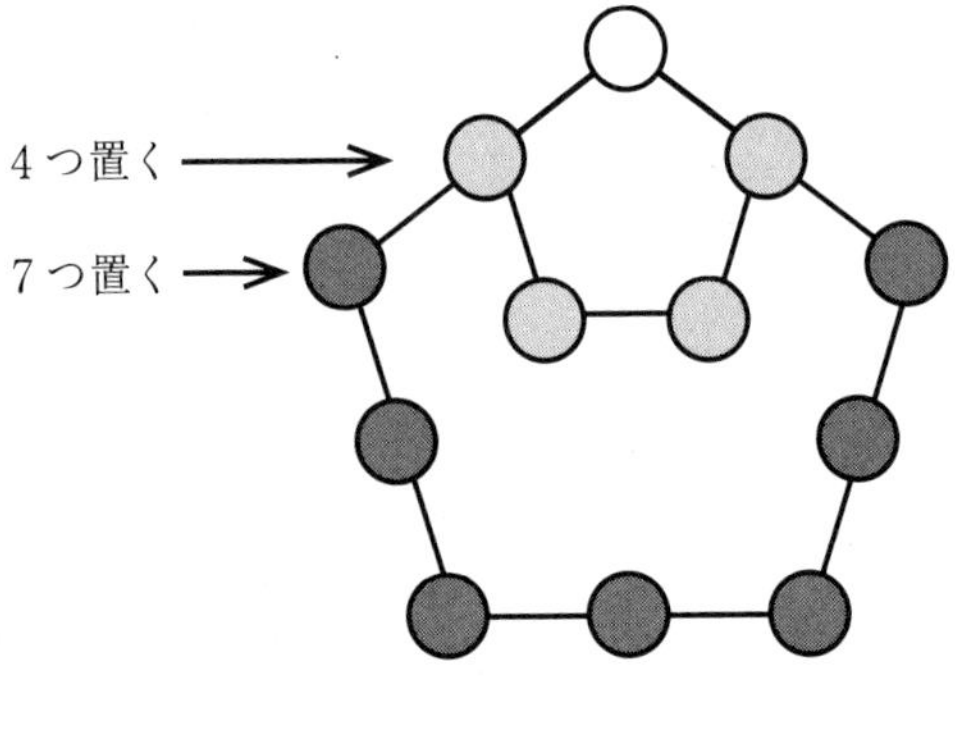

彩菊は碁盤の上に碁石を並べて見せた。算法にいささか心得のある木村はこれに納得したようだが、高那家の他の面々はもう理解するのをあきらめたように朝餉を進めている。

「さらに私は、二回目に出てきたコロポックルの数から、四回目、五回目、六回目……と、何回目の数でも当てられる式を考えたのですが……」

「ときに木村殿」

泰次が口を挟んだので、彩菊の算法解説は終わった。

「獺《かわうそ》のほうは、いかがいたす？」

庭のほうを見た。昨夜、木村に潰されたその獣の死体は、ござにくるんで庭に置いてあるのである。蝦夷地の川にはよく現れるという、獺であった。

アイヌのあいだでは年老いた獺が人を化かすことがよくあるらしい。

実は木村の一行はトカップチにて獺を一匹生け捕りにして食していたのだった。仲間を食べられた獺がこれを逆恨みし、木村について回り、コロポックルの幻影を見せ続けていたのだろう。それにしても、蝦夷地からはるばる常陸国までついてくるとは、すごい執念である。

「いくら空腹であったとはいえ、殺生《せっしょう》をしたあとにその魂を悼《いた》まなかったのは、拙者どもの不徳の致すところである。供養したいと思うが、この近くに寺はございますか」

「北国の化け物の供養を、水戸の寺でできるものだろうか」

「わからぬ」

腕を組む泰次。

「が、お祓いならば難しかろうが、供養ならばできぬことはないのではないか。供養というのは、生きている側の、成仏してほしいという心であるがゆえ」

「皆で参りませぬか」

彩菊は一同を見回して提案した。皆は、食事の箸を止めた。

「いくら化け物になったとは言え、獺がかわいそうでございます」

「拙者もそう思います」

同意したのは、半三郎であった。

「獺の化け物の所業は、仲間を思えばこそのこと。我々も、家族で供養に参りましょう」

半三郎の言葉に、一同はうなずいた。

彩菊は半三郎と顔を見合わせ、微笑んだ。蝦夷から遠く離れ、水戸の風は暖かく、高那家の者たちを包み込むようであった。

〈物好きな読者のための追記〉

蝦夷地の獺の化け物が高那家に見せたコロポックルの幻の増え方は、現在「多角数」と名がつけられ、例えば、（1、3、6……）は「三角数」、（1、4、9……）は「四角数」というように、多角形の名をとって呼ばれている。

n角数の3番目の数が$(n-1)\times 3$であることは、彩菊の言ったとおりであるが、n角形のm番目の数が何になるかというのを考えるには少々骨が折れ、これは$\frac{(n-2)m^2-(n-4)m}{2}$となる。彩菊が果たしてこれを導けたのかどうか、興味の尽きぬところである。

第六之怪
彩菊と虚《うつ》ろ舟《ぶね》

一

肌寒い朝である。空は雲が立ち込めており、風が出て、波も強い。

人気《ひとけ》のない浜を、弥彦《やひこ》はねじり鉢巻きをし、棒切れを振り回しながら走っていた。

「やっ！　やあっ！」

少し足が痛くなってきたが、これしきのことで参るわけにはいかぬ。

佐竹《さたけ》のお殿様に会いに行くと家族に告げたのは、ひと月ほど前の夕餉《ゆうげ》のときだった。お侍様に取り立ててもらい、武功で名を馳《は》せ、ゆくゆくは自分の城を持つのだと。家族は皆、一笑に付した。お侍様だなんて、お前は刀すら握ったことないじゃないのと、母は馬鹿にした。あんたは漁師の息子、漁師になるしかないという母に、太閤様《たいこうさま》の出は百姓だったと食って掛かった。おいらは漁師になんてならねえ、と。

すると父が、足を踏み鳴らすようにして立ち上がった。

「そんなにお殿様に会いたきゃ、おれに、相撲《すもう》で勝ってからにしろ」

さっそく父と連れ立って浜へ出て、相撲を取ってもらった。弥彦は何度も向かっていったが、投げ飛ばされるばかり。酔っているというのに、父は強かった。

「もう、やめだやめだ。お前みたいな弱いやつは、お殿様に会う前に野垂れ死にだ」

悔しかった。

今年で、十三になる。もののふの男だったら、元服して、とっくに戦《いくさ》に出ている頃だ。漁師になんてなりたくない。太閤様が天下を統一してしばらく経《た》つが、また戦国の世がくるという噂《うわさ》もある。俺は戦に出て、敵をたくさん倒して、いつか自分の国を持つんだ。次の日の朝より、走って足腰を鍛えるようにした。父が漁に出ている間、少しずつ強くなる。いつか、父に勝って、認められるまで。

「あっ」

そんなことを考えていたら、足がもつれて倒れてしまった。口に砂が入ってくる。膝を打ってしまった。情けなくて、砂を拳で叩《たた》いた。

こんなことではだめだ。もっともっと鍛え、刀や槍の扱いも覚えねば。天下に比類なき、強い男にならねば。

まぶしい光を感じたのは、そのときであった。

不思議に思って顔を上げる。銀色の光が、海の彼方《かなた》から差していた。

「なんだ、ありゃ」

弥彦は砂を払い、棒切れを拾うことなく起き上がる。

朝日ではない。こんなに厚い雲の立ち込める朝に、日の光など拝めるはずがない。目を凝らすと、光の中に、丸いものが見えた。

それは、だんだんとこちらへ近づいて来るようだった。速い。白いしぶきが見えず、波に揺られている様子もない。まるで亡霊のようにすーっと、こちらへ近づいてくる。水面すれすれを、浮いているようだ。

空恐ろしさを感じたものの、弥彦は銀色の光に妙に魅せられて、その場に立ち尽くしてしまった。

やがて波打ち際に達したそれは、幅も高さも三間（約五メートル）ほどの大きさだった。やはり、五寸（約十五センチ）ほど、砂浜から浮いていた。茶釜のように丸い。上半分が見たこともない透明なもので覆われ、内側から銀色の光が放たれている。下半分は鉄のようだが、錆止《さびど》めが塗ってあるのか、異様に黒い。

舟は、浜に静かに浜に降りた。光が弱くなったかと思うと、上半分がゆっくりと浮き上がっていた。

中から人影が現れた。女だ。

「えっ？」

直後、その女は、弥彦のすぐ目の前に立っていた。中から這《は》い出てきた姿を見せることもなく、一瞬で移動したといったほうが正しいくらいだった。

弥彦より五つばかり上だろうか。端正な顔立ちで、肌はやけに白い。髪は赤茶けているが、頭頂部で紐《ひも》で結ばれており、そこから先が白くなっている。白い毛は腰ほどまで長く垂れ、つけ毛なのではないかとも思われた。身にまとっているのは、足まである長い着物で、銀色と青色を混ぜ合わせたような不思議な光沢を放つ織物でできており、袖口や衿には、丸やら四角やら、見たことのない不思議な文様が縫い付けてある。

女は、右の脇に大事そうに銀色の箱を抱えていた。鉄だろうか。それにしてはどうも軽そうだ。何が入っているのだろうと考え、はっとした。

「あんた、金色姫《こんじきひめ》か」

女はそれを聞いて微笑《ほほえ》んだ。

やっぱりだ。弥彦は小さい頃にその話について聞いたことがあった。かつて、この浜より十里ばかり南に行った村に、蚕《かいこ》を伝えたという神様だった。神様ならば無《む》下《げ》に扱うこともできない。もてなさなければ。

「おいらの家に寄ってくれ」

女は弥彦の目の前に、箱を差し出した。

「くれるのか？」

女の目が広がった。白目がなくなり、夜のような黒目が広がっている。気味が悪いと思った瞬間、女は口を開けた。

くかこぉぉーっ。

弥彦の体を、氷のような冷気が包んだ。いつの間にか、箱には丸い穴があいていた。弥彦は声をあげる間もなく、その穴に吸い込まれていった――。

二

……難しい。

彩菊《あやぎく》は一人、高那《たかな》家の茶の間にて、腕を組んで悩んでいる。彩菊の目の前にあるのは、三寸四方ほどの木の枠であった。中に、『一』から『十五』までの数の書かれた小さな札が十五枚はめ込まれている。札の一枚は、枠内の面積のちょうど十六分の一になっており、札一枚分の空きがある。札はそれぞれ、上下左右に自由に滑らせることができるが、枠から外すことはできぬ。右上から左下に向けて『一』から『十五』までを順番通りに並べられればいいのだが……。

最後の部分、『十四』と『十五』が入れ替わっている。

この木枠は、昨日、飯塚伊賀七《いいづかいがしち》が送り付けてきたものであった。伊賀七は谷田部《やたべ》藩は新町《しんまち》村の名主を務める男だが、手先が器用で、からくり作りを趣味としている。彩菊は以前、この男とともにからくりの仕掛けられた寺に乗り込んで亡霊を成仏させたことがある。それ以来、伊賀七は彩菊に自分で作ったいろいろな物を送り付けてくるのだった。

『十四』と『十五』をなんとかして入れ替えればいいだけなのだが……、あれこれ動かしていくうちにいろいろな数が入り混じってしまう。昨日から考え通しなのだが、まったく解決の糸口がつかめていないのだった【図・其《そ》の一】。

「なんだ彩菊。お前まだ、それを考えているのか」

ふと顔を上げると、障子の隅から、夫の半三郎《はんざぶろう》が顔をのぞかせていた。

「放っておいてくださいませ」

彩菊は再び木枠に目を落とす。

「まったく、本当に算法のことになると他のことが見えなくなるやつだな。俺は、町を見回りに行ってくるぞ」

「見回り……、何のですか」

半三郎はため息をついた。

「昨日も言ったろう。犬殺しの下手人探しだ」

そうだった。

最近、水戸《みと》の町では背筋の寒くなるような事件が起きていた。あちこちで野良犬の死体が発見されるのである。死体の脇腹には、小さな丸い傷が三つ、三角形を成すようにつけられているのだという。ここ七日でこうした死体が五つも見つかっており、ついに御城から各武家に、見回りの者を出すようにとお触れがあった。高那家は、唯一仕官をしていない半三郎がそ

【図・其の一】

十三	九	五	一
十五	十	六	二
十四	十一	七	三
	十二	八	四

の任につくことになったのだった。

「お気をつけてください」

「おう、任せておけ。犬殺しの下手人など、この腕でひとひねりだ」

がっはっはと笑いながら、半三郎は出かけていった。大丈夫だろうかと心配になったが、常日頃体を鍛えている夫のこと。頭は弱いが武芸ではけして下手人に劣ることはないだろうと思い直し、再び、伊賀七から送られた木枠を睨《にら》みつける。

——それから半刻ばかりが経過した時分であった。

「彩菊」

呼ばれてふと顔を上げると、障子の向こうから市子《いちこ》が顔をのぞかせていた。半三郎の長兄、寅一郎《とらいちろう》の妻であり、彩菊にとっては義姉である。

「御城から、お役人様が来ていらっしゃいますよ」

彩菊は伊賀七の送ってきた木枠と札を袂《たもと》にしまうと、玄関へ向かった。目が細く、全体的にひょろ長い男が待ち構えていた。樺島次郎太《かばしまじろうた》。彩菊も何度か顔を合わせている、御城詰の役人である。

「樺島様。どうされたのです」

「彩菊、今から登城せよ」

樺島は開口一番、言った。

「附家老《つけがろう》、中山信敬《なかやまのぶたか》殿の命である。断ることはできぬ。理由は道々話す故、すぐに支度をせよ」

相変わらず傲慢な物言いだが、いつもより緊迫しているように思えた。

＊

「そなたは、虚《うつ》ろ舟《ぶね》というものを聞いたことがあるか」

高那家を出て、御城に向かいはじめるや否や、樺島はこほんと一つ咳払《せきばら》いをした後で、話を始めた。

「うつろぶね……舟でございますか」

「ただの舟ではない。三間ほどの大きさで、丸い」

「丸い？」

「ああ。茶釜のようであったと、磯浜《いそはま》は永貝寺《えいかいじ》の記録にはある」

樺島は、直径が三間ほどの球であるということを言いたいようだった。下半分は黒塗りの鉄でできており、上半分はぎやまんの蓋になっている。内部からは銀色の光が放たれるのだという。

「それは、本当に舟でございますか?」

「舟と言っても、水の上を行くものではない。空を飛ぶものだ」

「はい?」

彩菊は思わず足を止め、樺島の顔を眺める。からかっているのかと思ったのだが、そのような様子は少しもなかった。

「歩みを止めるな、急ぎである」

「ご無礼をお許しください。しかし、空を飛ぶなど……」

二人は再び、歩きはじめる。

「目撃されたのは、今から二百年も前だ」

「二百年、ですか」

「ああ。太閤秀吉《ひでよし》による天下統一がなされて間もない頃の話だ。知っての通り、常陸《ひたち》は佐竹氏によって統べられていた」

佐竹氏……。たしか、関ヶ原《せきがはら》の合戦で徳川《とくがわ》につかなかったために出羽《でわ》に転封になったという古《いにしえ》の大名ではないか。そのような昔のことを言われてもと、彩菊は面食らう。

「磯浜に、弥彦という男子がいた。歳《とし》は十三歳。毎朝、鍛えるために浜辺を走っていた。当時の永貝寺の住職は松の林に隠れ、その姿を微笑ましく見ていたそうだ。ところがある日の朝、いつものように走っている少年の目の前に、虚ろ舟が現れた」

弥彦少年が驚いていると、虚ろ舟の中から一人の女性が出てきたという。そして、弥彦と二言三言交わしたかと思うと、箱を前に差し出した。弥彦少年はその箱に吸い込まれてしまった。女は再び虚ろ舟に乗り込んだ。虚ろ舟はすぐに浮き上がり、天高く上っていった。

「住職はその一部始終を見ていた。助けようにもあまりに突然のことだったのでただ呆然《ぼうぜん》と見ているしかなかったというのだ」

樺島はそう説明を締めくくった。

「奇っ怪な伝承でございますね」

「伝承……。拙者もそう思っておった」

「と、申しますと?」

嫌な予感がする。こういう予感は当たるのだった。

「先ごろ、城下で虚ろ舟を見たという者が現れた」

やはりである。

「紺屋《こうや》町に住む染物屋だ。夜半過ぎ、表が随分と明るいので出てみると、音に聞く虚ろ舟があり、中から得体の知れぬ生き物が出てきたそうだ」

「生き物？」

「ああ。生き物はあたりを窺《うかが》うようにしていたが、近所の犬が吠《ほ》えたとたん、驚くように虚ろ舟の中へと飛び込んだ。虚ろ舟はすぐに天に上っていったそうだ」

「たしかに、不可解なことではございます。しかしながら、何も実害はないのではないでしょうか」

「そなたの耳にも届いておろう。野良犬どもの死体の話が」

「まさか……」

「あの不可思議な犬どもの死は虚ろ舟から出てきた生き物の仕業ではないのかというのが、町奉行の見解である。生き物は犬が苦手で、我らの想像の及ばぬ法で犬を殺して回っているのであろうと」

樺島は、眉間に皺《しわ》を寄せて答えた。

「御家老の中山殿はそれを受け、水戸藩や近隣から知識人を城に集めた」

中山信敬は水戸藩の附家老である。水戸徳川家の藩主は代々定府《じょうふ》（常に江戸にいること）であり、現藩主の治保《はるもり》も水戸にはいない。ここ水戸で政務上の最上位にいるのは附家老ということになる。

「目下その会議中であるが、そなたを呼べという声が上がり、拙者が迎えに参った次第である」

「どなたが、私を？」

「小宮山楓軒《こみやまふうけん》殿だそうだ」

「楓軒様もおいでなのですか」

「それだけではない。水戸の頭脳とも言える人々が一堂に会しておる」

自分がそんなところに混じって大丈夫なのだろうか。そんな彩菊の心配を他所《よそ》に、ふたりの前に御城の門が見えてきた。

三

広間の襖《ふすま》の前にに立つと、中から男たちが言い合う声が聞こえた。

「＊＊＊＊」

「＊＊＊＊」

何と言っているのかわからない。意味を取ろうと、彩菊は耳を澄ました。

「＊＊＊＊」

「＊＊＊＊」

「彩菊とやらは、まだ来ぬのか」

自分の名が呼ばれたので、彩菊は背筋を伸ばした。——これ以上待たせてしまっては、無礼になる。

「失礼いたします」

襖を開ける。ざっと十人ほどの男たちが向かい合っていたが、彩菊の気配を感じ取ってくるりとこちらを向いた。

「彩菊」

声をかけてきたのは、小宮山楓軒であった。水戸領内は紅葉《もみじ》村の郡《こおり》奉行であり、開明的な農村改革で民の尊敬を集めている人物である。その隣には、アイヌのアットゥシを身にまとった熊のような巨体が座っている。木村謙次《きむらけんじ》である。蝦夷地《えぞち》まで探検に行き、海防にひときわ詳しいと評判の人物で、先日高那家へも泊まりに来た。

「そなたが彩菊か」

正面に座している、ひときわ身なりのきちんとした男が言った。中山信敬である。

彩菊は慌てて中山の前まで進み出ると、畳に手をつき、頭を下げた。

「ははっ」

「面《おもて》を上げよ。その方の活躍は聞き及んでおる」

「お恥ずかしい限りでございます」

彩菊は顔を上げた。無礼なこととは知りながら、中山の顔をまじまじと見つめてしまう。やせ型で顔は生白い。頬骨がやけに張っていた。

「かような娘が、本当にめざましき算法の使い手なのですか」

部屋の隅から意地悪そうな高音の声が聞こえてきた。振り返ると、餅のような丸い顔に小さな目の、十八くらいの若者が座っていた。

「熊之介《くまのすけ》、勝手に口を挟むな」

隣に座している五十すぎの男が言った。太い眉が印象的である。

「非礼を詫《わ》びよう、彩菊。拙者は立原翠軒《たちはらすいけん》と申す」

その名にはっとして、彩菊は背筋を伸ばした。水戸藩には彰考館《しょうこうかん》という役所がある。徳川光圀《とくがわみつくに》の時代以来『大日本史』の編纂《へんさん》にあたっている役所であるが、当代その総裁の座にいるのが、この立原翠軒であった。歴史の知識だけではなく、人間への深い洞察力や、幅広い教養が必要とされる役であり、藩内では一目置かれている存在なのである。翠軒にはその人柄から弟子入りを志願するものも多く、小宮山楓軒や木村謙次も彼の弟子であるということだった。

「これは、門下生の藤田《ふじた》熊之介」

翠軒は先ほどの若者に目をやった。その名も聞いたことがある。水戸に名の知られた秀才である。

「ひとりひとり紹介しているひまはない」

中山がそう言い放つ。

「彩菊、虚ろ舟の話は聞いたか」

「え、ええ……」

彩菊は中山のほうを向き直り答えたが、気もそぞろである。並み居る面々に、彩菊は恐縮するばかりだった。樺島が「水戸の頭脳」と言っていたのを思い出す。

はて、と思った。……樺島はどうしたのだろう？　連れ立って、水戸城までやってきたのは覚えている。いつもならば、この広間まで案内してくれるところを、先ほど、襖の前で中を窺っているとき、彩菊は一人であった。自分の仕事へ戻ったのだろうか。

樺島と別れたときのことを、覚えていない。

「虚ろ舟に乗った者は、女によって、遠き所へ連れていかれる」

彩菊の疑問をよそに、中山は説明を続けている。

「そこで、算法の題を出されるのだ」

算法の題。この言葉を聞くと、彩菊の心は反応する。しかし、もやもやとしたものは、晴れない。

「興味はあるか」

「……ええ」

樺島のことが気にかかりながらも、彩菊は答えた。

「では彩菊、虚ろ舟に乗ってきてくれぬか」

「はい？」

あまりに率直に、中山が言うので、彩菊は首を傾《かし》げた。

「乗ってきてくれとおっしゃられましても、どこへ行けば……」

「…………」

口をつぐんだままだ。どうも要領を得ない。彩菊はさらなる疑問を中山にぶつけてみることにした。

「そもそも、中山様はなぜ、虚ろ舟に乗せられた者の体験を知っているのです？」

二百年前、虚ろ舟に乗せられた弥彦という男子は帰ってこなかったというではないか。ひょっとしたら最近、虚ろ舟に乗せられた者がいるというのだろうか。

「………」

中山は彩菊の顔を見返したまま、なおも沈黙を続ける。

彩菊はなぜかぞっとした。周囲を見回す。小宮山楓軒、木村謙次、立原翠軒、藤田熊之介……、並み居る男たちがじっと、中山と同じように彩菊を見たまま黙っている。

「皆さま、どうしたのです？」

「失礼いたします」

襖が開いて、女が入ってきた。盆に、湯飲みが載っている。女はすすすと彩菊の前まで来ると、湯飲みをおいた。

「失礼いたします」

もう一度言って、女は広間を出て行った。湯飲みには、見たこともない液体が入っていた。桃色と緑色の混じったような色である。

「彩菊、飲め」

中山が言った。

「これは」

「滋養強壮にいいのだ。さあ、さあ」

木村謙次が言った。周りの者も、「さあ、さあ」と迫るように勧めてくる。彩菊は強制されるように湯飲みを取ると、一口すすった。

不味《まず》くはなかった。ただ、舌に妙な甘味が残った。

「飲んだか」

「飲みましたが、これが……うっ」

彩菊は湯飲みを取り落とした。突如、下腹部に重いものが生まれた気がしたのだ。

「どうかしたか」

中山が訊《き》いてくる。恥ずかしいが、仕方がない。

「申し訳ありませんが、はばかりを」

「廊下を、そちらのほうへ行き、左に曲がり、降りた先にある」

彩菊は一礼し、男たちの間を抜け、襖を開けて廊下へ出ると、一度部屋の中を振り返ってもう一度頭を下げた。中山が指さした方向へと廊下を行く。左へ曲がると、半分開いた障子の向こうが裏庭になっているのがわかった。六間ほど飛び石が続き、小屋へと繋《つな》がっている。あれが厠《かわや》であろう。腹を押さえながら、そこにあった雪駄《せった》を履き、小走りで向かう。

木戸を開ける。

「あっ」

人が入っていた。女だった。

「御免なさいませ」

閉めようとした木戸が、閉まらなかった。おかしい、と思いつつ、その女を見る。

不思議な身なりをしていた。肌は白く、髪は赤茶けているが、頭頂部で結んだ先から白くなり、その毛は腰まで伸びている。小脇に、金属でできたらしき箱を抱えていた。

「もし……」

そこまで言ったとき、背後から、眩《まばゆ》い光に包まれた。

振り返って、腰を抜かしそうになった。

建物と厠のあいだの六間ばかりの間に、巨大な茶釜のようなものがあった。樺島が言っていたとおり、上部はぎやまん、下部は黒塗りの鉄である。ぎやまんの中から、銀色の光が放たれている。あまりのまぶしさに目が潰れそうである。

「誰か！」

彩菊は叫ぶが、

くかこぉぉーっ。

女の口から出た音に遮られる。

女の目は三倍ほどに大きくなっていた。夜のように真っ黒である。その手の中の箱に、丸い穴があいた。彩菊は自分の体が思い通りに動かず、ゆがめられている感覚に陥った。

「あぁぁ……」

彩菊は抵抗する間もなく、その箱の中に、吸い込まれていった。

*

彩菊は、虚ろ舟に乗っていた。

いつの間に夜になったのだろう……。

ぎやまんの窓の外には、見渡す限りの星空が広がっている。青、黄色、緑、白。光を放つ星もあれば、枝豆のような形の、ただの岩が浮いていたりもする。縞《しま》模様《もよう》の球があるかと思えば、古墳から掘り出されてきた勾玉《まがたま》や、指輪のような形のものもあった。

あの女が、隣に座っている。

彩菊は気づいた。夜ではない。暗い、星の世界をこの舟は漂っているのだ。夜空。子どもの頃から見上げてきた空の、さらにその向こうの世界に、自分は連れてこられてしまったのだ。

「降ろせ」

突然怖くなり、彩菊は女に言った。女は何も答えない。ただ無表情に窓の外を眺めているだけである。

「私を、水戸に戻せ」

彩菊のその声は、茫漠《ぼうばく》たる闇の中にむなしく消えていくようであった。

四

半三郎が帰宅したのは、夕刻であった。ぶちと白の犬を一匹ずつ、引き連れている。共に大きいが、むやみに吠えることもなく、賢そうな顔立ちをしていた。

「母上、ただいま戻りました」

玄関のところにいた母のたねに挨拶をする。母は犬を見て目を丸くした。

「どうしたのです、半三郎。その犬は」

「権左《ごんざ》から預かってまいりました」

泉町《いずみ》に店を構える桶屋《おけや》である。手先が器用であり、桶はもちろんのこと、草履や座布団から、障子や板塀まで、身の回りのものなら何なく直してしまうことで、武家の中にも顔がきく男であった。高那家も何度か権左に調度品の修繕などを頼んだことがあり、顔見知りとなっていた。

今日、泉町に見回りに行ったついでに権左を訪ねると、いつもは店先にいる犬が奥の間にいた。どうしたことかと訊《たず》ねると、例の犬殺しが怖くて匿《かくま》っているのだという。犬たちはいつもと違う様子に恐れており、畳を引っかいたり、権左の商売道具をそこらに散らしたりしている。半三郎は見ていられなくなり、収拾がつくまで預かってやることにしたのだった。

「まあま、それはそれは」

母は怒ることなく笑った。

「こやつらは何でも食べるとのこと。飯の余りでもやっておけば大丈夫です」

「父上にお願いしてみなければなりませんよ」

「わかっています」

大丈夫だろうと思っていた。父の泰次《やすつぐ》も、動物は好きな方である。

「ときに半三郎。彩菊はいつ帰ってくるか、知っていますか。そろそろ夕食の支度を手伝ってもらわなければならないのです」

「彩菊？　どこかへ出かけたのですか」

「おや、知らなかったのですか。先ほど、御城から迎えが来たと出て行きました」

「そうでしたか」

御城からの使いならば、また算法の関わることであろう。

「まあそのうち、戻ってくるでしょう」

言い残し、半三郎は二匹の犬を連れて家の裏の方に回る。

勝手口の前にお京《きょう》がしゃがみ込んでいた。長兄寅一郎の一人娘で、六つになる。体が弱く、この家の敷地の外に出ることはめったにない。いつもの金魚鉢は脇に置き、地面に小石を並べて遊んでいるようであった。

「あ、半三《はんざ》兄や」

お京は半三郎に気が付いて顔を上げた。

「お京。犬を連れて帰ったぞ」

「そうね。可愛《かわい》いのよね」

怖がるかと思いきや、お京はぶちの犬の毛並みを撫《な》でた。犬たちは警戒をしていたようだが、すぐに慣れ、その場に座り込み、お京の顔を見て、舌をはっ、はっ、と出している。

表からは板塀で仕切られているので、裏木戸から顔をのぞかせなければ、中に犬がいることは見えまい。鳴き声さえ漏れなければ、ここに犬がいることすらわからないはずだ。半三郎は、犬の首ひもを、橘《たちばな》の木の枝に結び付けた。

「あまりかたく結んじゃいやよ」

お京が半三郎の手元を見て言った。

「何を言っておる。固く結ばねば、逃げてしまうではないか」

「お京が解くことができないもの」

「お京が解いてどうする」

「お京のお魚《とと》もそう言うもの」

お京のお魚。――お京がこう口にする時にはかならず、得意の千里眼のような能力が発揮される。ぼんやりしているような彼女の表情に、半三郎の心は操られるようだった。半三郎は固い結び方から、特殊な結び方に変えた。

「お京、よく見ておれ」

結んだ紐の端を、半三郎はつまんだ。

「これをこう引っ張れば、解けるように結んである。これでよいな」

お京は満足げにうなずくと、再び小石を並べて遊び始めた。

五

彩菊の乗せられた小型の虚ろ舟が着地したのは、見渡す限り白い砂の星の上であった。ぷしゅうと音を立てながら、頭上のぎやまんの蓋が開いていく。

すぐ目の前に、あの不思議な女が立っていた。箱を抱えたまま、右手で手招きをしてくる。降りて来いと言われているようであった。

彩菊は恐る恐る、虚ろ舟から降りた。地面に足を乗せて驚いた。体が異様に軽い。飛び上がれば、山でも越えられそうだ。ふらつく体を制し、なんとか両足で踏ん張る。

改めて女を見ると、いつのまにか立札のようなものを三本、持っていた。棒の先に、烏賊《いか》の胴のような形をした飾りが付いており、一本ずつ、赤、黄色、緑に塗ってある。木ではなさそうだが、一体、何でできているのであろう。

女は、口を開き、何事かを言った。しかしそれは彩菊の知っている言葉ではなかった。

《＊＊＊＊》

この女が化け物の類であろうことは、もう確信している。しかし、今までに出会ったどんな化け物にもない不気味さがあった。獣臭さのようなものもないし、殺気も感じられない。そもそも、何を言いたいのかがわからぬ。

女は、彩菊に言葉が通じぬと見るや、赤い立札を砂の上に突き立てた。二間ほど離れた位置に黄色、さらに二間離れた位置に緑を突き立てる。

続いて女は自らの頭頂部に手を当てた。女の足元の砂が盛り上がり、三つの物体が出てきた。

髑髏《どくろ》であった。不可思議なのは、それらが透明であることだった。

ぎやまんかと思ったが違う。透明度が高く、見るからに硬そうである。これと同じものを一度だけ、彩菊は見たことがあった。

「……水晶？」

思わず口にして、彩菊はそんなわけはないと思い直した。水晶のように硬いものを、複雑な髑髏の形に加工できようはずもない。

しかし……、この不可思議な女の技術をもってすれば……。

彩菊がそのようなことに思いを巡らせていると、女は左脇に箱を挟んだまま、右手で水晶髑髏をひとつ摑《つか》み上げ、後ろ向きに放り投げた。

もともと体が軽くなる球体の上である。水晶髑髏は鳥のように飛んでいき、女の後ろ一町ほどの位置に砂煙を上げながら落ちた。女は残り二つの水晶髑髏も同じように投げた。

《＊＊＊＊》

またあの、理解不能な言葉を発しながら、女は赤い立札の烏賊の部分をすぽりと抜いた。そして棒が突き刺さっている部分から砂の上を、なぞった。

「なんと……」

それはまた不思議な光景であった。怪しく赤く光る線が、砂の上に引かれていくのである。女は見たこともない速さで、初めに投げた水晶髑髏めがけて走って行き、瞬く間に、赤い立札と水晶髑髏が線で結ばれた。女は一瞬で戻ってくると、再び、立札から線を伸ばし、今度は二つ目の水晶髑髏まで線を引く。こうして、立札から三つの水晶髑髏が線で結ばれた。

女は彩菊の目の前まで走ってくる。これだけ動いたのに、息もきれていない。そして、両手をぱんと打ち鳴らした。

瞬間、引いたばかりの赤い線が消えていた。

もう一度、手を打ち鳴らす。すると今度は黄色い立札から、三つの水晶髑髏へ引かれた線が現れた。ぱん。今度は、緑の立札から三つの水晶髑髏への線。もう一度打ち鳴らすと、何もない状態に戻った。

「どういうことかっ！」

大声を出して女を睨みつけた。

彩菊は武家の娘である。これまでいかなる化け物と対峙《たいじ》しようとも、こうして勇気を奮い立たせてきた。しかし、今回ばかりは気持ちで負けている気がする。いつも共にいる半三郎はいないし、状況が不可解すぎる。まず、言葉が通じぬのだ。

《＊＊＊》

女は彩菊の大声にまったく驚く様子もなく、立て札から抜いた赤い烏賊の形をしたものを彩菊に差し出しつつ、見よ、とばかりに背後を振り返る。

赤い立札と黄色い立札から、一本ずつ、線が伸びていた。線はお互い近づいていき……、交わったところで、耳をつんざくような音がした。

耳を塞ぎながら、二つの線は交わってはいけないのだ、ということを彩菊はなんとなく理解した。

「――そうか」

彩菊は女の顔を見る。

「三つの立札から、水晶髑髏への線を三本ずつ引く。ただし、線どうしが交わってはいけない」

すると女は嬉《うれ》しそうにうなずいた。こちらのいうことはわかっている様子だった。

これは面白い算法の題ではないか。

――虚ろ舟に乗った者は、女によって、遠き所へ連れていかれる。そこで、算法の題を出されるのだ
中山が言っていたことを思い出した。

この女は、彩菊のことを試したいのだ。どこから来たのかわからぬ、得体のしれない相手であるが、算法に関わる題を出されては、解かぬわけにはいかぬ。

彩菊は頬に手を添え、頭上の広大な闇を眺め、考えた。

＊

どれくらい時が経っただろうか。周囲を闇と星々に囲まれたこの空間では、時の流れなど無いかのように思える。時折、尾を引いた流星が遥《はる》か彼方を飛んでいくのが見える。

目線を前に戻すと、女は無表情のまま、突っ立っていた。小脇に抱えた箱がよく磨かれたように光っている。

女の出した題は、難しかった。

まず、赤い立札からそれぞれの水晶髑髏まで線を引くのは問題ない。二本目の黄色い立札から、今引いた赤い線に交わらないようにそれぞれの水晶髑髏まで線を引くのは、一見難しそうに見えるが、水晶髑髏の一群の後ろにぐるりと回り込むように書いていくと、三本とも水晶髑髏に引くことができる。問題はここからだ。緑の立札から同じように線を引いていっても、赤、黄色、どちらの線とも交わらずに三本とも水晶髑髏に達することは不可能なのだ【次頁の図・其の二】。

いったい、どうすれば……。

普段、こういうときはじっとして考える彩菊だが、今回ばかりはその砂の星の上を歩き回り始めた。体が軽いので、いつもより動きやすい。地面を軽く蹴ってみると、六間ほど前方へ跳ぶことができる。

ふと、この星を一周してみようと考えた。

立札の間を通り抜け、十歩も跳ぶと水晶髑髏の並ぶあたり。それも通り抜け、前へ前へと砂を舞わせながら飛んでいく。体験したことのない、不思議な感覚だ

【図・其の二】

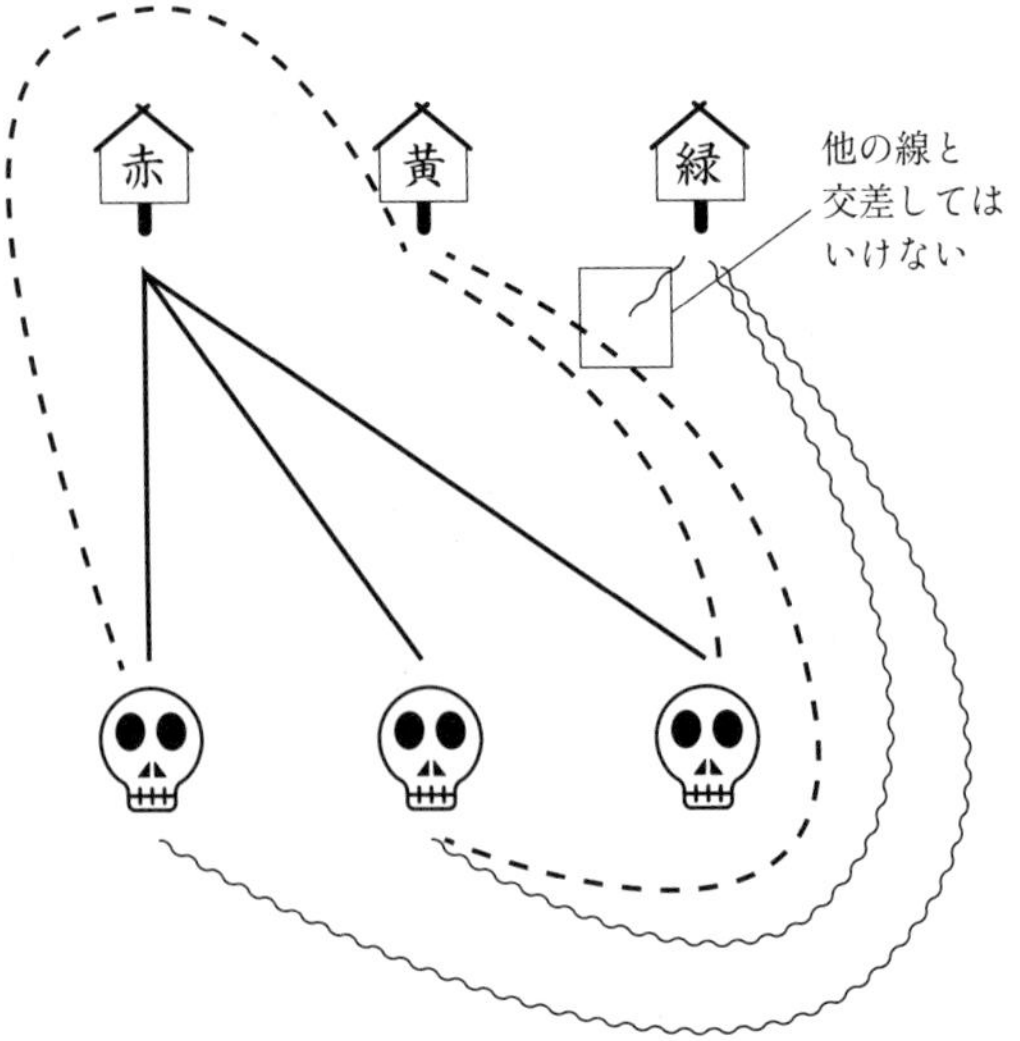

った。ほどなくして、前方に虚ろ舟が現れた。傍らに佇《たたず》む、無表情な女。三本の立札。小さな星を一周してきたのだった。

星とはすなわち、球体だ。今さらながらに彩菊はそう考える。

ひょっとして、緑の立札からは、水晶髑髏とは逆方向に線を引き、星の上をぐりと一周させればよいのではないか。彩菊はそう思い立ち、緑の立札に近づくと、その足元に烏賊のような物の先をあて、砂の上に線を引いていった。

……しかし、これもできないことに気づくのに、そう時間はかからなかった。やはりどうしても、赤と黄色の線に交わってしまうのである。

途方にくれ、頭上を見る。

輝く、無数の星たち。いつも見上げている夜空の中に、自分はいる。ここは暑くもなく寒くもなく、空腹すら感じない。やはり時が止まってしまったのであろうか。そもそも、この空間には時という概念すらなく、それは人間のほうが作り出したものではないのだろうか。

自分が、夜空の一部になったような、虚ろな感覚に陥っていく。青、黄色、緑、白。光を放つ星もあれば、枝豆のような形の、ただの岩が浮いていたりもする。縞模様の球があるかと思えば勾玉《まがたま》のような形のものもあり……。

ふと、彩菊の目は一点で止まった。急に、現実に引き戻されたようである。

「もし」

彩菊は、女に語りかけた。

「これは、この砂の星の上でせねばならぬのか」

例によって、女は何も答えない。ただ彩菊の顔をじっと見ているだけだ。

「あそこに移ってやってはいかぬか」

闇の中に浮かぶ星々の中から、形の珍しいある星を指さす。

女はそちらの方に首を向けると、すぐに彩菊のほうに向きなおった。目が三倍ほどに大きくなる。漆を塗ったような黒。

くこかぁぁーっ。

女が口を開くと同時に、三本の立札が砂からひとりでに抜かれて浮き上がり、また、三つの水晶髑髏もこちらへ向けて漂いはじめた。立札と水晶髑髏は、虚ろ舟の中へ入る。

《＊＊＊》

彩菊に、虚ろ舟に乗れと言っているようであった。彩菊は乗り込み、女も乗り込む。ぎやまんの蓋は閉じ、虚ろ舟は砂を少しも乱すことなく、夜空の空間へと浮かび上がった。

一連の動きのうち、彩菊の心の中では解がしっかり整えられていた。彩菊はその解に興奮していた。……これなら、三本の立札から引いた線を、交わらせることなく三つの水晶髑髏へつなげることができる。これは面白い。

いかなる状況でも、夢中になれる。新たな問題に出会う喜びを教えてくれる。こんなときこそ、算法を好きになって本当によかったと思うのだ。

ぎやまんの窓の向こう、彩菊の目指す星は確実に近づいていた。

六

ふと半三郎は気配を感じた。布団の上にあぐらをかいていたはずが、いつのまにか眠ってしまっていたようだ。行灯《あんどん》の明かりが、少し弱くなっていた。お膳と、その上の茶碗《ちゃわん》や什器《じゅうき》が見える。彩菊のぶんの夕餉である。

「おや？」

半三郎は声を出した。

障子が開いており、縁側に人が立っていた。黒く、顔が見えぬ。

「彩菊か？」

訊ねると、

「ええ」

小さな声が返ってきた。半三郎は立ち上がった。

「遅かったではないか」

「申し訳ございませぬ」

夕餉の時間になっても帰ってこぬ彩菊のことを家族たちは心配していた。こちらから使いを出そうという父泰次に向かい、「算法のことになると時の経つのも忘れてしまいますゆえ」と、半三郎はわざと笑い飛ばして安心させていたのだ。

戌の刻二つ（午後八時）をすぎ、家族の他の者は眠ってしまったが、半三郎は彩菊を出迎えてやろうと二人分の布団を敷き、待っていたのだった。

「いったい、御城でどのような仕事をしておったのだ」

「申し訳ございませぬ」

「また化け物退治かと思って、心配しておったぞ」

「申し訳ございませぬ」

謝ってばかりである。

「もうよい。何か食べたか」

「…………」

彩菊は何も答えず、ゆっくりと部屋に入ってくる。

「もう寝るか」

「そういたしまする」

自分の布団をめくる彩菊。行灯の朧《おぼろ》な灯《あか》りに照らされた、その横顔。たしかに彩菊に違いはないが、どこかおかしい。外出の着物のまま、布団に入るなど。

「彩菊」

半三郎は妻の名を呼びながら、自らの枕元を探った。

「一、八、三、十六、五、二十四、七……。このあとの数はなんだ」

彩菊は半三郎のほうへ顔を向けた。死人のような目である。

「…………」

半三郎は枕元から取り上げた刀を鞘《さや》から素早く抜き出すと、勢いで彩菊に斬りつけた。着物ごと斬りつけたはずが、まるで豆腐でも切るような感触である。

「貴様は何者だ」

「彩菊にござりまする」

まるで痛がる様子もなく、彩菊は答えた。

「嘘《うそ》をつけ。わが女房、彩菊ならば、これしきの題、すぐに答えを出せぬはずはない。それに、算法の話を持ち出せば、どれほど疲れていても目が輝きだすのがわが女房である」

半三郎は刀を構え、彩菊に対峙する。彩菊は布団に座ったまま、逃げようともせずぼんやりと半三郎を見上げている。

「覚悟せよ、偽者め！」

半三郎は一気に刀を振り下ろした。

彩菊の顔が歪《ゆが》んだ。半三郎の刀を包み込むように、ぐにゃりと。そして、戻る反動で、半三郎の刀は弾《はじ》き飛ばされた。先ほどの豆腐のような感触はどこへやら、飴《あめ》細《ざい》工《く》の飴のごとく自在に動くその皮膚は、岩のように硬い。

何者なのだ……。未《いま》だぼんやりとしている彩菊の姿を眺め、半三郎は感じたことのない恐怖に包まれていた。こやつ、化け物ですらない。幽霊でもない。この、泰平の世の水戸にいてはならない存在だ。おそらくは、違う世界から来た何者かなのだ。

くかこぉぉーっ！

彩菊は突然口を開け、息を吐き出した。半三郎は布団の上に尻もちをつく。彩菊の両手が、骨を失ったようにぐにゃりぐにゃりと伸び、半三郎の両こめかみへと伸びてくる。

「やめろ……」

半三郎は仰向《あおむ》けのまま後ずさった。半三郎の頭は彩菊の両手に挟まれてしまった。

「こやつめっ！」

何か、悪いことが起こる。予想もつかない、気味の悪いことが。半三郎の手が、何か固いものに触れる。お膳であった。半三郎はとっさに、みそ汁の椀を掴み、その生き物に向かってぶちまけた。

「＊＊＊！」

彩菊は手を引っ込め、奇怪な声をあげて飛び上がる。その皮膚が、紫色の煙を上げて溶けていた。

犬の吠える声が聞こえたのはそのときだった。

縁側から、二匹の犬が飛び込んできて、彩菊に飛びかかったのだ。……それはもはや、彩菊ではなかった。着物もなく、のっぺりとした銀色の姿。甲羅を失った河童《かっぱ》といったところだろうか。異様に大きな頭には、握りこぶしほどの大きさの真っ黒な目が二つついている。

犬たちはその生き物にのしかかり、噛《か》み付こうとしたが、するりとその生き物は抜け出し、素早く庭のほうへ逃げていった。犬たちも追いかけるが、その生き物の細い足はまるでばねのようにしなり、犬はおろか、鹿ですら敵《かな》わないような高さに跳躍した。あっという間に、塀を飛び越え、姿を消してしまった。

「半三兄や」

障子の陰から話しかけてくる声があった。金魚鉢を抱えたお京だった。

「お京……」

犬たちの縄を解き、この部屋へと導いてきたのがお京であることに間違いはなかった。この事態を予測しておったというのか……。やはりこの幼子《おさなご》の千里眼は、本物なのだ。

「彩菊はどこだ?」

「御城よ。早く行かないと、彩菊姉やが、連れていかれてしまう。犬も連れていかなくては」

連れていかれる? 詳しく聞いている場合ではない。半三郎は刀を腰帯に差し、庭で塀に向かって吠えている犬たちを呼び寄せ、その首縄を取る。

「半三兄や」

犬たちを連れ、玄関へ向かおうとするその背中に、お京が声をかけた。

「御城の門のところにいるお爺《じい》さんの話をよく聞くのよ」

「お爺さん？」

「お京のお魚がそう言うもの」

それならば、間違いない。半三郎はしかとうなずき、廊下を走ろうとして、あることを思いついた。

「お京。今から、父さまと母さまを起こすのだ」

「えっ？」

お京は珍しく、驚いたような顔を見せた。

「それだけではない。家族を全員起こし、半三郎が頼んでいたと言え。いや」

半三郎は口元に笑みを浮かべた。

「俺が言ったというより、お前のお魚が言っていたことにしたほうが、皆は従うだろう」

そして半三郎は、その小さな姪《めい》っ子に、あることを告げた。

七

　水戸城の、先だっての大広間である。彩菊はその広い部屋の中央に敷かれた立派な座布団の上に、正座をしているのだった。

「あれ……」

　彩菊は周囲を見回した。いつのまに戻ってきたのだろう。障子の外は明るい。まだ昼のようだ。

　彩菊の前には、立原翠軒が腕を組み、目を閉じて座っていた。二人の間に、碁盤が置いてある。

「翠軒様、私はなぜ、ここにいるのでしょう?」

　彩菊は翠軒に訊ねた。

「私めはたしか、虚ろ舟に乗せられ、空高く舞い上がり……、空の彼方の星ぼしの世界にいったのです。そこで白い砂の星にたどり着き……、そうです。あの女に算法の題を出されたのです。三本の立札と、三つの水晶髑髏を使った題です」

「うむ」

翠軒は目を開けた。

「お主は、それに解を与えたのであろう？」

「いかにも」

彩菊はうなずいた。あのあと、別の星へ移動し、そこで彩菊は見事にあの不可解な問を解決したのであった。――その後、あまり覚えていない。気づいたら、ここにいたのだ。

「他の者は答えることができなかった」

彩菊の前に碁笥《ごけ》を差し出しながら、翠軒は言った。碁笥の中には、白い碁石が入っている。

「他の者……。そういえば他の方々はどちらに」

問には答えず、翠軒は黒い碁石を碁盤の上にぱちりと置く。

「お主の番だ」

「しかし、私は碁を知りませぬ」

「碁ではない。五目並べじゃ」

「それならば、存じております」

不思議な雰囲気の中、彩菊は翠軒と五目並べを一番、打った。すぐに勝負は決した。

「むう……」

五つ並んだ白の碁石を眺め、翠軒が呻《うめ》く。彩菊は幼少の頃より、この遊戯では大人にも負けたことはなかった。考え込む翠軒の小脇に、ふと目をやると、銀色の小箱が置いてあるのが見えた。

彩菊は思い出す。あの女が持っていた箱だ。なぜこんなところにあるのだろう。

「翠軒様……」

「お主には、この碁盤ではもの足りぬであろう」

質《ただ》そうとする彩菊を遮るように、翠軒は言った。

「これでどうじゃ」

碁石をぱらぱらと畳の上に落としながら、碁盤の表面がぐいと盛り上がった。

それは、木の立方体であった。しかし、透けている。

「これは、何でしょうか」

「碁盤じゃ」

黒石を一つ拾うと、翠軒はその〝碁盤〟の中にすっ、と手を入れ、罫線《けいせん》の交わる位置で手を放した。黒石は落ちることなく、碁盤の中に留《とど》まった。

「お主の番じゃ」

彩菊も畳の上から白石を拾い、見よう見まねで碁盤の中に手を入れる。同じように、白石も碁盤の中に留まる。

世にも不可思議な、立体の碁盤である。縦、横方向に加え、高さ方向まで加味された五目並べになった。斜めの方向も今までとは違い、多様となる。

すっ。再び翠軒が黒石を置く。縦方向に二つ、連なった形である。この方向に止めるか、はたまた、自分の白に連なる位置に置くか……、これは複雑さが増して楽しい。頭の中の、今までに使ったことのない部分が、刺激されるようであった。

彩菊はすっかり、この遊戯の虜《とりこ》になってしまっていた。

八

「おい、おい、起きろ」

半三郎は、水戸城の城門近くの塀にうずくまっている老人を揺すぶった。

「おい！」

大声を出しつつ頬を張ると、老人は目を覚ました。

「水戸藩士、高那半三郎である。お主、わが女房、彩菊を知らぬか」

提灯《ちょうちん》灯りの中、老人は驚いた顔をしていたが、やがて眼に涙をため、憐《あわ》れみを誘うように半三郎の袖に縋《すが》った。

「お侍様、助けてください……、おいらは」

「なんだ、おいらとは。歳に似合わない言葉を」

「おいらは、磯浜の漁師、弥助《やすけ》の息子で、弥彦といいます。十と三つになったばかりで……」

「気味の悪い嘘を申すな」

「嘘じゃねえです」

ひっく、ひっくと少年のように泣きながら、老人は語り続ける。

「おいら、浜を走っていたんです。そうしたら、海の向こうから突然、でっかい茶釜みたいなもんが飛んできて。茶釜の蓋が開いて、中から、これくらいの箱を持った、妙ちきりんな恰好《かっこう》の女が出てきて……。おいら、女神さまだと思って話しかけたら、その目が真っ黒になって。箱に吸い込まれて……」

少年は気づくと、丸い乗り物に乗せられて、夜の空を漂っていた。女は無言のままであった。やがて、白い砂の星にたどり着くと、女は三本の立札と、三つのぎやまんのようなものでできた髑髏を取り出した。何やら弥彦に伝えようとしていた女だが、弥彦がまったくわからないというそぶりを繰り返していると、あきらめたように弥彦を突き飛ばし、再び虚ろ舟の中に押し込んだ。それから別の場所で降ろされた。そこは銀色の壁に囲まれたまぶしい空間だった。銀色のぬらぬらした生き物が十ほどいて、聞いたことのない言葉で会話をしていた。弥彦は台の上に寝かせられると、頭に何か針のようなものを刺された。とたんに体じゅうから何かが吸い取られるような感覚に見舞われた。手や足が見るからに水気を失っていった。やがて意識が遠のいていった……。

「それでおいら、気づいたら、この姿になって浜辺をうろついてたんです。戻っても家はねえし、おっとうもおっかあもいねえ。村の人たちも誰も知らないし、相手にしてくれねえ。佐竹のお殿様に会えば話を聞いてもらえるかもしれねえと思って、ここまで来たんです」

「待て待て。佐竹のお殿様とは何のことだ」

「佐竹義宣《よしのぶ》公に決まってらい」

それは、二百年も前に常陸を統治していたという大名だ。太閤秀吉の時代の話だから、武将といったほうがいいくらいである。この老人は、二百年の時を越えてやってきたというのか？　とうてい信じられるような話ではなかった。しかし、ぬらぬらとした銀色の生き物とは、先ほど半三郎が相手にした者にちがいない。やはり水戸の周りに、何か得体のしれないものがやってきているのだ。

連れてきた二匹の犬がけたたましく吠え出したのは、そのときだった。

城内から空に向けて、銀色の光の筋が上がっていた。

「な、なんだあれは……」

「舟だ」

弥彦老人が言った。

「おいらが見た茶釜の舟も、あんなふうにまぶしかった」

水戸城内に、あの生き物がいるのかもしれぬ。ひょっとしたら、御城はすでにあやつに支配されているのか。冗談ではない。半三郎は自らを奮い立たせる。半三郎とて水戸の侍である。御城に危機が迫っているときに、黙っていられるはずがない。

「お主はここで待っておれ」

「お侍様！」

駆けだそうとする半三郎を老人は引き留めた。

「おいら、台に乗せられたときに泣き叫んだ。銀色のやつらの指が、おいらの涙に触れたとたん、紫色の煙が」

老人は訴えるように言う。

「あいつら、涙に弱いのかもしれねえ」

半三郎は先刻のみそ汁のことを思い出しつつ、自分の考えが正しいことを確信した。

「塩に弱いのであろう。しかと心得た。犬ども、行くぞ」

半三郎は老人をおいて犬たちとともに城門へと走り、脇の木戸を叩いた。

門番らしき男が顔を出した。

「高那泰次が三男、高那半三郎でございます。わが妻が御城より帰らず、迎えにきた次第でございます」

「…………」

「中へ入れてはくださいませぬか」

門番は何も答えない。この、虚ろな表情は……、と思ったそのとき、ぶちの犬が門番に飛びついた。

「＊＊＊＊！」

倒れつつ、奇妙な言葉を発する門番。着物から這い出て逃げていくその後ろ姿は、あの銀色の生き物であった。門番も入れ替えられていたのだ。

「待て！」

半三郎は犬たちを引き連れ、追う。生き物はひょいと屋根へ跳び上がると、その向こうへ消えた。中庭のはずである。天に向けて光を放つ源も、そこにあるようだった。建物を左から迂回《うかい》し、中庭へ入ろうとする。

「つっ！」

建物の陰に横たえられていた何かにけつまずいた。見ると、人だった。その顔を、半三郎は知っていた。

「樺島殿！」

樺島は目を見開き、倒れている。とても恐ろしいものを見た顔だった。抱き起こし、頬を叩く。息はしているが、反応がない。いったい、この城で何が起きているのか……。臆病になっている暇はない。半三郎は樺島の体を再び横たえ、中庭に走った。

それはたしかに、茶釜に似ていた。ぎやまんでできた上半分の窓から、銀色の光が放たれている。今しがた逃げてきたはずの生き物の姿はない。

「どこへいったのだ」

半三郎は刀の柄《つか》に手を掛け、じりじりとその乗り物に近づいていく。あやつらに刀が効かぬことはわかっている。しかし、たとえ負けることがわかっていても刀と共に戦うのが士道である。

「彩菊！」

半三郎は叫んだ。

「そこにいるのか！」

何の返答もない。

目の前の、まぶしいくらいの光とは裏腹に、水戸城内は戦の終わった原野のように静まり返っていた。

九

——彩菊

誰かが自分を呼ぶ声が聞こえた気がしたのは、翠軒が黒石を打った後だった。ここまで八局を戦い、四勝四敗。互角の勝負である。

——そこにいるのか

あの声は……夫、半三郎だ。

彩菊は我に返った。いったい自分は、ここで何をしているのか。周囲を見回し、違和感を覚える。御城にしては静かすぎる。なぜ、誰もいないのか。それに、この不可思議な碁盤は。

「お主の番じゃ」

翠軒が促してくる。

「翠軒様、ここはどこです」

「お主の番じゃ」

同じことしか言わない。この人は、本当に立原翠軒だろうか。

——彩菊！

「半三郎様！」

彩菊は立ち上がり、障子へと駆け寄った。

障子を開けた。そこに庭の風景はなく、縁側のへりに迫るように壁がそびえていた。銀色の、鉄ではない何かの金属でできた壁である。頭上を見ると、すぐ天井になっている。

「これは、どういうことでございますか」

「考えなくともよい」

座る位置も姿勢も変えず、翠軒はそう言い放った。

「お主、算法が好きであろう。この遊戯が楽しかろう。儂《わし》と一緒に、永遠にやっておればいいのだ」

「そのようなこと……」

「お主の番じゃ」

この男は翠軒ではない。翠軒の見た目を借りた別の者である。とそのとき、彩菊は障子の向かい側にあたる襖が気になった。あの向こうも同じであろうか。

「お主の番じゃ」

相も変わらず同じことを言う翠軒のような者を無視し、彩菊は襖の前に駆け寄り、一気に開いた。

中には、胸の前で手を交差させた人がずらりと並んで目をつぶっていた。

「これは……」

知っている顔ばかりであった。中山信敬、小宮山楓軒、木村謙次、藤田熊之介、それに、立原翠軒！

くかこぉぉーっ！

振り返る。先ほどまでの翠軒は、もうそこにはいなかった。いるのはぬらぬらと銀色に光り、大きな黒目をらんらんと輝かせている、未知の生き物であった。

「お主、何をした」

恐れを跳ね返そうと大声で問いただすが、その生き物は答えない。碁盤を蹴倒し、襲い掛かってくる。彩菊は、襖の中へ逃げ込んだ。

「中山様、中山様！」

体を揺すぶると、中山信敬は目を覚ました。

「……そなたは、誰か」

「彩菊でございます」

不思議な顔をしている。先刻会ったばかりだというのになぜそのような……、今はそんなことを気にしている場合ではない。

「小宮山様、木村様！」

彩菊は声を張り上げながら、他の面々も起こしていった。

くかこぉぉーっ！

銀色の生き物は迫ろうとするが、はっと正気を取り戻した中山信敬が刀を抜き、それを食い止めようとしていた。彩菊によって目を覚まされた数人の男がそれに助《すけ》太刀《だち》を始める。

「彩菊。彩菊ではないか。これはどういうことだ？」

木村謙次が訊いてくる。

「わかりませぬ。虚ろ舟に乗せられて、気づけばこのようなことに」

「虚ろ舟……そうだ。拙者らは水戸城の大広間でお主を待っておった。たしか、樺島某《なにがし》という役人が迎えに行ったはずだ」

「待っておったら、障子の外からまばゆい光が」

小宮山楓軒が後を続けた。

「中から女が出てきて……」

「箱じゃっ！」

叫んだのは、本物の立原翠軒だった。障子の外の銀色の壁を指さしている。

「女の持つ箱に、我らは吸い込まれた。あの夜空のような空間もすべて、箱の中の出来事だったのじゃ。ここは、箱の中ぞ！」

女の持っていた、箱の中？　信じられぬ話だ。しかし、今日は信じられぬことばかり起きている。

藤田熊之介が銀色の壁に駆け寄り、天井部との境目を刀の柄で押している。

「隙間が開きまする」

「藤田に続け」

翠軒の号令で、楓軒や木村が銀色の壁に向かう。中山たちも銀色の生物を突き飛ばし、それに続いた。男たちが力を合わせてこじ開けようとするが、まるで岩でも載っているかのように、なかなか天井は開かなかった。

くかこぉぉーっ！

銀色の生き物はぐにゃぐにゃした両手を一同のほうに伸ばしてくる。

「ぐっ！」

中山のこめかみをその両手が挟んだ。

「中山様」

引き戻されていく中山の体に、彩菊はしがみつくが、銀色の手に撥《は》ねのけられてしまう。畳の上に倒れた彩菊の袂の中で、何か固いものがかたりと音を立てた。

彩菊は袂に手を入れ、それを出してみる。からくり伊賀七が送り付けてきた、十五札の木枠であった。

ふと考えた。目の前の銀色の生き物は、算法を好いている。だとしたら……

「ええい、これを見よ！」

一か八かその木枠を、銀色の生き物に向かって見せつけた。

「こうして、一つ分空いたところに札を滑らせ、自在に動かすことができる。十四と十五を入れ替えて、正しき数の列に直すことができようか」

《＊＊＊……？》

銀色の生き物は、首を伸ばし、それを見つめた。

「さあ」

中山の頭から手を放し、差し出された木枠を、銀色の生き物はひったくるように取った。そして、札をあれこれ滑らせ始めた。やはりこやつ、算法が大の好物と見える。

「皆さま、今のうちに」

「おーっ！」

皆はわずかに開いた隙間に刀を差し込み、ぐいぐいとこじ開けた。白い空間の向こうに、夜の闇が見える。ひやりとした夜風と共に、懐かしき水戸の匂いが入り込んでくる。

「もう少しだ、気を抜くな！」

中山の号令とともに、一同は「よおっ！」と隙間をこじ開けた。隙間から、外へと飛び出ていく。彩菊は、体中に空気が入ってきて、体が大きくなっていくような感覚に見舞われた。やはり、無理やり小さくさせられ、箱の中に閉じ込められていたようであった。

「彩菊！」

半三郎の声がした。一同は水戸城の中庭にいた。空はすでに暗く、中山の足元には蓋の開いた銀色の箱が転がっている。背後には、ぎらぎらと輝く虚ろ舟。

「これは！」

木村が叫んだ。

周囲を、銀色の生き物たちに囲まれていた。その数、三十はいようか。漆のような黒目をらんらんとさせ、ぐにゃりとした両手を前に出し、ゆらゆらと揺れながら、こちらに近づいてくる。

半三郎はその生き物に向けて刀を振り回していたが、刀が達するたびにその体は歪み、まったく歯が立たないようだった。半三郎の脇では二匹の犬が吠えている。

「こやつら、入れ替わっておったのだろう」

小宮山楓軒が忌々しげに言った。

「どういうことでございますか」

「説明はあとだ。こやつらをなんとかせねば」

「ぐわっ！」

そのとき、木村の巨体が倒れた。その頭に、一体の銀色の生き物が飛び乗り、桃色の針のようなものを刺そうとしている。

「のけっ、のけっ！」

周りの者が生き物を剝がそうとするが、次々と生き物たちに飛びつかれている。二匹の犬の近くには、生き物は近づいてこない。どうやら犬が苦手のようだが、たった二匹ではこれだけの数を相手にできない。彩菊は足がすくんだ。

「あっ」

頭に、ぬめりとした感覚。彩菊の頭にも、あの生き物が飛び乗ったのだ。

「半三郎様！」

「こいつめ、どけ、どけ」

気づいた半三郎が彩菊の頭から生き物を剝がそうとするが、まったく剝がれる気配はない。他の面々も、次々とその生き物に飛びつかれており、あちこちでうめき声が聞こえる。それはまさに、水戸城の危機であった。

「半三郎！　彩菊！」

声が聞こえたのは、そのときであった。

「義兄上《あにうえ》」

彩菊の目の先には、寅一郎と柄次郎《つかじろう》、それぞれの妻の姿があった。義兄たちは、大勢の犬を連れ、義姉《あね》たちは大八車にたらいを載せてきていた。

「半三郎、申しつけられた通り、味噌《みそ》を水に溶かしてきましたよ」

半三郎はそれを聞くと、たらいに駆け寄り、市子の差し出したひしゃくを受け取った。

「くらえっ」

半三郎はたらいの中の汁を掬《すく》うと、銀色の生き物の一群に向かってぶちまけた。

《****!》

汁がかかった生き物の皮膚が溶け、紫色の煙が出た。犬たちがその匂いに興奮し、一斉に吠え、生き物たちにとびかかりはじめる。

《****!》

《****!》

口々に叫びながら後ずさる銀色の生き物たち。慌てて虚ろ舟に飛び乗ろうとするが、容量が明らかに足りない。

虚ろ舟のぎやまんの蓋は、生き物をすべて収容しないまま閉じた。あぶれた銀色の生き物たちは、口々に叫びながら、虚ろ舟を取り囲み、中の者に訴えるようにその壁を叩いている。

「見捨てるのか」

「いや、あれを見るがよい」

立原翠軒が、空を見上げる。

「えっ？」

雲の間から、白い光が差している。

いや、雲ではなかった。あちこち、四角い窓がついている。

空全体を覆うような、大きな丸い舟であった。中央に空いた穴から、明るい光がこちらに向けて放たれているのだ。灯台のような光の放ち方だが、人間にあのような物が作れるはずはない。一同は呆然とそれを見上げていた。

「なぜ、あのような大きなものが……浮いておるのだ」

木村謙次が、当然至極の疑問をつぶやいたそのとき、目の前の茶釜の虚ろ舟が、白い光に包まれ、浮いた。

《＊＊＊＊！》

銀色の生き物たちがわれ先にとその光の中に入っていく。虚ろ舟と同じく宙に浮いていく。

「その光に入るな。連れて行かれるぞ！」

誰かが言ったので、水戸藩の面々は慌てて光から遠のく。犬たちも危機を察したのか、それに続く。

虚ろ舟と銀色の生き物たちは、一同が見上げる中、天高く上り、大きな舟の中に吸い込まれていった。すべてを吸い込むと、大きな舟は音もなく回転し、右、左としばらく漂っていたが、目にも止まらぬ速さで遠方へ去り、あっという間に消えてしまった。

後には、いつもの闇といつもの静寂が残るばかり。

「何だったのだ……」

夜空を見上げ、木村謙次がぽつりとつぶやく。

ふと彩菊は足元を見た。蓋が開いた銀色の箱が転がっていた。それは今や、今夜のことが夢でなかったことの、ただ一つの証《あかし》であった。

「それでは、私が見たあの人たちは、すべて偽者であったというのですか」

彩菊はあまりのことに言葉を失う。

十

騒動があってから一夜明け、再び水戸城の大広間に、彩菊はいた。夫の半三郎も一緒である。周囲には、騒動に関わった識者たちが集まっている。

昨晩あったことは、中山たちの話、彩菊の話、半三郎の話、そして樺島の話を総合するとだいたい見えてきた。

虚ろ舟の対策について会議をしていた中山たちは小宮山の建議で彩菊を呼ぶことにし、その役目として樺島が選ばれた。樺島が水戸城を出てからしばらく中山たちが話し合っていると、庭がまばゆい光に包まれた。現れた虚ろ舟と女にたじたじとしている間に、中山たちは箱に吸い込まれていったのだという。そこからはなぜか、一人ずつになっていた。彩菊と同じように夜空を漂い、砂の星に連れていかれ、算法の題を出された。答えを考えているうちに時間が経ち、彩菊に体を揺すぶられ、気づくと銀色の壁に囲まれた部屋の中にいたというのだ。

一方、水戸城にやってきた樺島と彩菊であるが、樺島は突然背中に衝撃を受け、倒れてしまい、それ以降の記憶がないという。彩菊は彩菊で、そのときの記憶がないので、何らかの力にひかれるように大広間へ足を運んだのだろうと考えられた。そのとき、中山たちはすでに箱に吸い込まれていたあとだったので、あのとき広間で彩菊が会ったのは、銀色の生き物たちが成り代わっていた偽者だということになるのだった。

「ときに、彩菊」

立原翠軒が口を開いた。

「砂の星の上で出された、題であるが……立札を三つと、ぎやまんでできたようなしゃれこうべを三つ。それぞれの立札からしゃれこうべまで三つの道筋を、交わらぬように引け、と言われているようだったが」

「その解釈であっております」

「そなたはその題を解いたと申すか」

「はい」

「拙者には、無理であった」

そうだそうだと口々に同意する男たち。

「あの小さな星の上だから、いずれかの立札より、裏側をぐるりと回る道を作るのかと思ったが、それもできなかった」

そう言ったのは、小宮山楓軒だった。

「小宮山様、それは大変正解に近《ちこ》うございます」

「何？」

彩菊はにっこりと笑い、懐から矢立と懐紙を取り出した。

「ただし、あの星ではできぬのです。私めは、あの女に『星を移ってもよいか』と問いました。女は同意し、私めを目当ての星に連れて行ってくれたのでございます」

「目当ての星とは？」

「この形の星でございます」

彩菊は矢立より小筆を取り出し、懐紙の上に図を描いた。一同が立ち上がり、それを取り囲む。描かれていたのは、古墳の出土品の指輪のような形（後の世の人にさらにわかりやすく言うならば、ドーナツのような形）であった。

「おお、そういえばこのような星があったな」

「しかし、これでも同じではないのか」

「よくご覧くださいませ」

輪の上に、立札と髑髏の絵を描いていく。そして彩菊はすばやく正しき解となる道筋を描いてみせた【図・其の三】。

「これは……！」

中山が目を見張り、一同は言葉を失う。

「たしかに、立札から引かれた線が交わることなく、三つのしゃれこうべに達している」

「ただの星ではできぬことが、輪の上ではできるとは……かようなこと、すぐには考えつかぬ」

立原翠軒が彩菊の顔を覗《のぞ》き込んでくる。

【図・其の三】

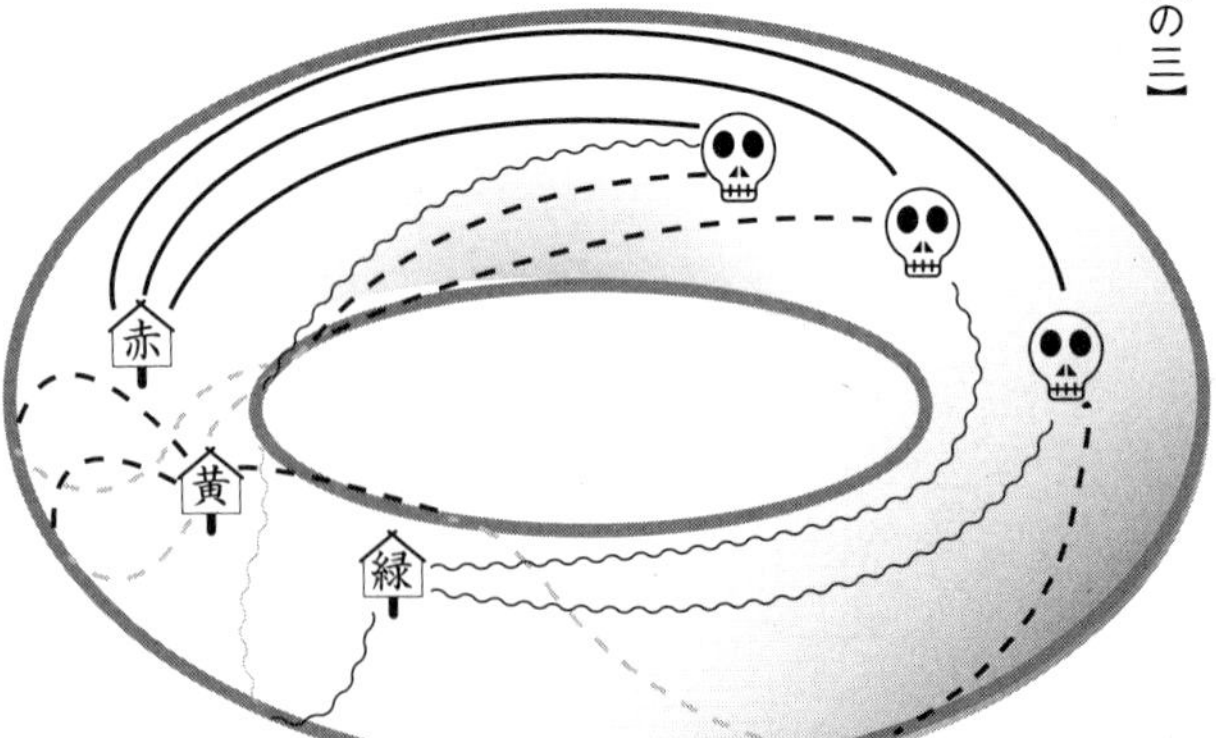

「彩菊、お主、やはり相当、算法が得意とみえるな」

「ありがたき言葉にございます」

「しかし、お主はその才能ゆえ、やつらのもとへ連れて行かれそうになったのであろう」

　今度は彩菊が不思議な顔をする番であった。

「翠軒先生、それはいったいどういうことでございますか」

「あやつらはおそらく、この日《ひ》の本《もと》の物《もの》の怪《け》ではあるまい。それどころか、この世界のどこから来たものでもなく、空のかなた、月より彼方から来たものであろう。そうでなければ、あのような不可思議な力や不可思議な乗り物を作ることはできまいて」

　誰も言葉をさしはさまなかった。皆、心のどこかでそう思っていたからだ。

「あやつらは我らの星を見つけ、我らの町を見た。知能が高いものがおれば自分たちの星に連れ帰るつもりで、我らを試そうとしたのではないか。手始めに連れていかれたのが、例の弥彦という老人じゃ」

　弥彦は二百年も前、十三歳で箱に閉じ込められ、生気を吸われて老人になってしまった。二日ほどしか時間が経っていないと思いきや、降ろされた世界が二百年もあとの時代だったというのだ。あの夜、お京の助言で御城へやってきた半三郎は城門の前でその老人に出会い、ことのいきさつを聞いたという。老人は、次の間に待たせてある。

「弥彦が題を理解できなかったので、この時代では参考にならぬと思ったのだろう。やつらは二百年待ったか、もしくは時を超えたか、我らの時代に現れ、人をさらう機会をうかがっておった。しかしそのために犬が邪魔だったので、殺していたのではないか」

犬が殺されていたのには、そういう理由があったのだ。

「やつらはこの水戸城に虚ろ舟を下ろし、我らを一斉にさらい、怪しまれぬように入れ替わった。そこへ現れた彩菊をさらったところ、何と一人だけ、題を解いてしまったのだ。お主、優遇されたろう」

「優遇……といえば、ええ、優遇だったやもしれませぬ」

刺激的な、立体の五目並べを思い出していた。

「やつらはお主を連れ去ろうとしていたのだ」

彩菊は今さらながらに背筋が寒くなった。空の彼方の世界に連れ去られかけるなど、そんな話、聞いたこともない。

「翠軒、やつらはまた、襲って来るだろうか」

中山信敬が難しげな顔をして訊ねた。

「それはわかりかねます。しかし、半三郎とその家族の、みそ汁と犬の攻撃がかなりこたえたのではないでしょうか」

「城下にはどう達したらよいか」

「……内密にしておいたほうがよいかと。根拠はござりませぬが、昨晩見たものは、我々の胸の内に秘めておいたほうがいいような気がいたします」

煮え切らない言い方だったが、彩菊は妙に納得した。この世には、秘密にしておいた方がいいことがあるものだ。虚ろ舟から放たれる妖しき銀色の光を見たものならば、皆、そう思うだろう。

「それがしも同意見だ」

中山はうなずいた。

「皆の者、此度《こたび》のこと、城下の者には口外するな。しかし、城下ではこれ以降、犬を大切にし、夕餉にはみそ汁を添えることを奨励することとする」

一同はお互いの顔を見合わせ、うなずいた。

「げに、この世は広いものよ」

中山は障子の向こうの中庭を眺めながら、そうつぶやいた。空は秋晴れである。あの青のかなたには、人知の及ばぬ世界が広がっている。永遠に広がる算法の世界も似たようなものかもしれぬ。彩菊はそんなことを思った。

――これより先、常陸の国に虚ろ舟が現れたという記録は、残っていない。

〈物好きな読者のための追記〉

彩菊が解決した虚ろ舟の女からの問題に関して、中央に穴が開いた環（ドーナツ）のような立体は、現代の数学では「トーラス」と呼ばれ、トポロジーなどの分野で重要視されている。

また、彩菊が虚ろ舟の生き物たちから逃げるときに使ったスライド式のパズルは、現在、「15パズル」として知られている。一八七八年には米国のパズル愛好家サム・ロイドによって「14と15が入れ替えられたものを整序の位置に戻す」ことに懸賞金がかけられたが、これはどうやっても不可能であることが、証明されている。

なお、三〇七ページで、半三郎が偽の彩菊に出題した数列は、奇数（一、三、五、七…）と、八の倍数（八、十六、二十四…）が交互に並べられたものである。よって答えは「三十二」となる。

跋文《ばつぶん》（エピローグ）

「恐れながら、御家老様」

半三郎が中山に声をかけたのは、一同が解散しようとしているときだった。

「どうした」

「次の間にいる、弥彦のことですが、拙者に預からせていただくわけにはいきませぬでしょうか」

「何を？」

中山は眉間にしわを寄せた。彩菊も驚く。いったいこの夫は、何を言い出すのか。

「拙者には弥彦が不憫《ふびん》でなりませぬ。十三で妖しき者にさらわれて老人になり、二百年もの時を超え、身寄りのない時代に放り出されるなど」

これを聞いて、彩菊は胸を打たれた。半三郎には半三郎なりの考えあってのことだった。気性の荒いところもあるが、優しい夫なのである。

「せめて、拙者の付き人として余生を……」

「たわけたことを抜かすな」

　中山は一喝した。

「その方は部屋住ではないか。父や兄の俸禄《ほうろく》である米を食いつぶす身であろう。そのような者が付き人などと、笑止千万である」

　半三郎は足元に目を落とし、唇を嚙んだ。その妻である彩菊ともなれば、言えることがあろうはずもない。

「案ずることはない。弥彦はそれがしが預かる」

　中山はそう続けた。

「その方には、別に仕事がある」

「はい？」

　顔を上げる半三郎。中山はきりりとした目を、半三郎に向けた。

「先日、江戸の水戸藩邸にて、家臣の者が一人江戸患いに罹《かか》り、死んでしまった。殿は代わりを探しておる。できるだけ若く、剛毅《ごうき》に溢《あふ》れ、学問の心得がある者がよいとのこと。半三郎、その方、江戸へ行け」

「ええ、江戸っ？」

　半三郎は目を皿のようにしている。隣で、彩菊も息がつまる思いであった。江戸とはまた急な。しかし、驚くのはまだ早かった。

「もう一つ言いつけることがある。いささか例外であるが、それがしは半三郎と彩菊を薦めようと考えておる」

彩菊は驚きで倒れそうになった。

「おお、お、お待ちください。夫はわかるとして、なぜ私まで」

「実は江戸の水戸藩邸に最近、よからぬものが出ておるそうだ」

「よからぬものとは」

「皆まで聞くな。化け物の類じゃ」

やっぱり！

「お待ちください！」

「よいではないか彩菊、江戸だぞ」

半三郎は嬉々《きき》としていた。突如降ってきた思いもよらぬ話に、すっかり舞い上がっているようであった。

「江戸には、算法に通じた者も大勢いると聞く。彩菊にとっても悪い話ではないと思うが」

そう言われると心が動くが……しかし、江戸など！　考えたこともなかった。

「いずれにせよ、藩命ゆえ、よほどの理由がない限り断れぬぞ。正式な達しは追って伝える。楽しみに待っておれ」

一方的に言い放つと、中山は去っていった。

「江戸だぞ、江戸。やったな」

半三郎は子どものようにはしゃぎ、そこらを転げまわりそうな勢いであった。

江戸。——天下に名だたる、将軍のお膝元。人々は活気にあふれ、諸国の珍しい品もたくさんあふれていると聞く。憧れつつ、一度も見ることないであろうと思っていたその町に、まさか行くことになろうなどとは。

不安は多い。水戸とその周りしか見たことのない半三郎が、江戸でしっかり勤めができるのか。それ以上に、自分は……。江戸の化け物と……。

しかし、彩菊は心を決めた。きっと、この夫とならば、どこへ行ってもやっていけるに違いない。

高鳴る胸に手をやり、障子の外に目をやった。江戸へと通じる青い空に、鳥が二羽、仲睦まじく飛んでいくのが見えた。

あとがき

単行本の文庫化というのはふつう、刊行されてから二年か三年後のことである。その際にも当然、ゲラ（原稿を実際の刊行のスタイルに組み直してプリントアウトし、校閲者・編集者のチェックが入ったもの）が出るのだが、これによって作者は久しぶりに自分の作品と向き合うことになる。

本作の文庫版のゲラは、新型コロナウィルス感染症・COVID－19の影響で人びとが自粛を強いられていた世相の真っただ中に僕のもとに送られてきた（余談だが、この「新型コロナウィルス」という呼称は、数年内に時代遅れになるはずなので、あまり使いたくない）。毎日家にこもって原稿作業をする鬱々とした日々の中で、「彩菊の二巻目ってどんなんだっけな」と思いながら読みすすめ、「ずいぶん自由だな」と笑ってしまった。

思えばこのシリーズは、「江戸時代の算法好きの少女が、化け物を相手に、その時代に日本にはなかったはずの数学を用いて立ち回る」という、長ったらしいコンセプトで書きはじめたものだった。時代小説のようで、伝奇小説のようで、数学小説のようで、ミステリのようで、その実、どのジャンルにも分類しがたく、「ジャンルなんてどうでもいいんですっ！」という当時の自分自身の叫びが聞こえてくるようでもある。

自由には責任が伴う、などと大げさなことを言うつもりもないが、それでも執筆にはそれなりに苦労した。数学を扱っている以上、「筆に任せて」というわけにもいかず、結構多くの（門外漢にも解かる程度の）数学関連書籍を読み漁ってネタを探した記憶があるし、一巻目より時代小説らしさを出したいという色気が手伝って、当時の実在の水戸の人物についても調べた（小宮山楓軒、飯塚伊賀七、木村謙次、立原翠軒など）。もともと頭の中が散らかっているような人間なので、情報が多くなればその散らかりようも華々しさを増すというもの、「ジャンル」への気の使いようなどどこへやら、何せ最終話には、エイリアンまで登場する作品になってしまった（虚《うつ》ろ舟の造形は、実際に記録に残っている逸話を参考にしている）。

著者が言うのは恥ずかしいけれど、この作品は、作家・青柳碧人が創作の自由を謳歌しまくった作品だ。数学の問題を難しく突き詰めれば難しくなるが、そんなのは一切無視して、物語だけ楽しんでもいい。あれこれツッコミを入れながら読んだっていい。作者が自由を謳歌している以上、読者はその何倍も自由なはずである。

COVID－19は人類に未曾有《みぞう》の脅威を与えた。作家には繊細な人が多いから、影響された人も多いだろう。おそらく今後、感染症関連の息詰まるような小説がたくさん上梓されると思う。でも、人々が求めているものはいつだってエンターテインメントだと信じたい。ソーシャル・ディスタンス（これも、十年後にクイズ番組で聞いて懐かしむような言葉だ）を保ちながら愉しめるエンターテインメントとして、小説の価値を見直す流れがあってもいいのではと思う今日この頃である。

願わくば、本著がその大河の一滴にならんことを。

二〇二〇年　六月

青柳碧人

〈参考文献〉

『傑作！　数学パズル50』（小泓正直／講談社ブルーバックス／二〇一〇年）
『数字マニアック』（デリック・ニーダーマン著　榛葉 豊訳／化学同人／二〇一四年）
『三角形の七不思議』（細矢治夫／講談社ブルーバックス／二〇一三年）
『アルゴリズムパズル　プログラマのための数学パズル入門』（Anany Levitin・Maria Levitin著、黒川 洋・松崎公紀訳／オライリー・ジャパン／二〇一四年）
『数学の楽しみ　身のまわりの数学を見つけよう』（テオニ・パパス著　安原和見訳／ちくま学芸文庫／二〇〇七年）

この作品はフィクションです。ただし、数学に関する解説は正しく、執筆にあたり多くの文献を参考にさせていただきました。（著者）

単行本二〇一七年八月　実業之日本社刊

実業之日本社文庫 あ16 2

彩《あや》菊《ぎく》あやかし算《さん》法帖《ぼうちょう》　からくり寺《でら》の怪《かい》

2020年8月15日　初版第1刷発行

著　者　青柳碧人《あおやぎあいと》

発行者　岩野裕一
発行所　株式会社実業之日本社
〒107-0062　東京都港区南青山 5-4-30
CoSTUME NATIONAL Aoyama Complex 2F
電話 [編集]03(6809)0473 [販売]03(6809)0495
ホームページ https://www.j-n.co.jp/
DTP　ラッシュ
印刷所　大日本印刷株式会社
製本所　大日本印刷株式会社

フォーマットデザイン　鈴木正道(Suzuki Design)

ISBN978-4-408-55604-8（第二文芸）